お下げ髪の詩人

小沼丹未刊行少年少女小説集

青春篇

小沼 丹

幻戯書房

目次

お下げ髪の詩人

小沼丹未刊行少年少女小説集・青春篇

本書は、未知谷刊『小沼丹全集』全五冊に未収録の著者の作品の内、一九五〇〜六〇年代に少年少女向け雑誌へ掲載された小説を中心に収録したものです。

各章は基本的に、Ⅰ＝「青の季節」、Ⅱ＝その他の単発作品で構成しています。

各作品の表記は原則的に初出に従いましたが、著者特有の表記法に関し一部統一を行なったほか、便宜上、旧漢字・旧仮名遣いを新漢字・新仮名遣いに改め、また、明らかな誤記や脱字などを訂正した箇所があります。

本文中、今日では不適切と思われる表現がありますが、原文が書かれた時代背景や、著者が故人である事情に鑑み、そのままとしました。

I

青の季節

第一話

ヒッポポタマス

僕は新品の青い自転車を走らせていた。新品だから、たいへん具合がよかった。村の街道を走らせて行くと、街道を歩いているおかみさんや子どもがひどく感心したらしい顔をして僕の方を見た。僕はちょいと得意になった。僕は自転車の曲乗りがうまい。ひとつ妙技を展開してやろうかと思ったが、万一、失敗して醜態をさらすとまずいからやめにした。

村の目抜き通り――といっても、神社を中心に東西に三町ばかりずつ伸びているにすぎないが――を出ると、林檎畑とか葡萄畑とか田んぼが続いている。田んぼには草の赤い花が咲き、その向こうには菜の花が黄色く咲いていた。そして、右手の青い山の中腹からは炭でも焼いているのか、煙が一筋立ちのぼっていた。

僕があちこち景色をながめていると、後から来た一台の自転車が僕を追い越した。追い越したただけなら別にさしつかえはない。が、乗っているやつはさも得意そうに僕を振り返ってばかにしたように笑った。僕は立腹した。

——何だ、ヒッポのやつが……。

と、僕は考えた。

追い越したやつは、僕と同じA中学校の僕と同じ二年生である。ヨシダ・イチロオとかいう名前の生徒だが、僕はまだ口をきいたことがない。僕はこの四月に東京の中学からA中学校に転校して来た。まだはいり立てだから、クラスのひとたちの名まえだってみんな覚えたというところまでいってない。ましてヨシダ・イチロオはA組の僕と違ってB組だから、本来なら名前だってわからぬところである。それを教えてくれたのは、サトウである。

——あのデブ公は、とサトウが云った。あいつも東京から来ただぞ。知らねえだか？

どうも田舎のひとは、広い東京をよく知らないらしい。東京の人間というと、みんな知り合い同士だとでも心得ているらしい。

——あんなやつ、知るもんか。

と、云いながら、僕はそのデブ公を見た。デブ公は何か本を読みながら歩いていた。なるほど、よく太っていて、上着のボタンがちぎれそうな洋服を着ていた。僕は考えた。あのデブ公に今後ヒッポという名前を献上しよう、と。ヒッポというのは、ヒッポポタマス——すなわち、河馬——の略称である。しかし、サトウにはまだないしょにしておいた。もっとも、サトウにはすでにこっそりサトイモと命名しておいた。

そのヒッポが僕を追い抜いたのである。しかもヒッポの自転車はばかに古ぼけたきたない代物である。デブ公のヒッポを乗せて、ガタガタとかキイキイとか鳴っていた。僕は何も云わなかった。が、僕の自転車のスピイドを猛烈に増すことによって、ヒッポの無礼な態度に対する返答にかえることにした。

たちまち、僕の自転車はヒッポの古自転車に追いついた。ところが、ヒッポは僕が彼と並んだのを知ると、太った顔のほおっぺたをさらにふくらませて懸命にペダルを踏み出した。ヒッポの古自転車は、やたらにうるさい音を立てた。僕のは、そんなうるさい音なんか立てない。うるさい音を立てずに、しだいにヒッポを追い抜いて行った。

——やい、サトイモ、待て。

と、背後でヒッポがどなった。僕は大いに面くらった。里芋というのは僕の考えではサトウのはずだから、サトウがその辺にいるのかと、ちょいとスピイドを落としてあたりを見まわした。が、二羽の白い蝶がヒラヒラ舞っているばかりで、サトウはどこにもいなかった。サトウばかりじゃない。百米ばかり先を荷物を背負った男が歩いて行くほか、街道にはだれもいなかった。

——はてな、と僕は考えた。サトイモというのは、ほかならぬ僕のことかな？

僕は自転車を止めて、ヒッポを持った。ヒッポはすぐ僕に追いついた。僕はヒッポに、サトイモなる名まえについて文句を云おうと思っていた。ところがヒッポは何のあいさつもしないで、たちまち僕を置いてきぼりにしてしまった。僕はひどく腹が立った。僕は気が短くて、おこるとすぐ赤くなるところから、前の学校ではユデダコというありがたくない名まえをちょうだいしていた。だから、このときもきっと赤くなっていたに違いない。

僕は忙しくペダルを踏んだ。何しろ車が違う。僕はすぐヒッポに追いついた。

——やい、ヒッポ、待て。

ヒッポという名まえはまだないしょのはずだったが、こうなれば仕方がない。僕は大声でどなった。

——ヒッポ？

ヒッポのやつもたしかに面くらったらしい。車を止めると、僕の方を振り向いた。ところが、ヒッポが車を止めたところは、さっき百米ばかり先を歩いていた男のすぐそばであった。紺のふろしきに何か包んだやつを背負った男は、あわてたらしく、車を止めたヒッポを、つぎに大声でどなった僕を見た。茶色のジャケツに青いズボンをはいて、ぞうりをつっかけていた。若い男は僕らが中学生なのに気づくと、チェッと舌打して僕らをにらみつけて、また歩き出した。

——変なやつだな。

と、僕は考えた。ヒッポもそう思ったらしく、ちょっと男の後姿をながめていた。しかし、僕らにはもっと重大な問題があった。

——やい、と僕は云った。サトイモとは何だい？　だれのことだい？　サトイモっていうのはお気の毒だが、僕の組のサトウのあだ名なんだぜ。

——笑わせるない、とヒッポが太ったからだをそり返らせていばった。サトウって、サトウ・ゴロオのことだろう？　あいつには、ちゃんとソンゴクウって名まえがあらあ。新米のくせに知ったか振りすんない。

僕はちょいとまごついた。なるほど、僕は勝手にサトウをサトイモと呼ぶことにしていたけれども、すでにソンゴクウなんてりっぱな名まえがあるとなると、せっかくつけた僕のサトイモも一向に値打がなくなってしまう。値打がなくなるどころか、僕の上にちゃんと落ちつきそうな形勢になって来たのには驚いた。

——じゃ、僕がサトイモかい？

そう云って、僕はしまったと思った。が、もうおそかった。ヒッポは空を仰いで、大声で笑った。

——決まってらあ、とヒッポは云った。蚊トンボが云ってたぜ。あの子、ちょいとサトイモに似ているわね、って。

——蚊トンボってだれだい？

——だれだって、余計なお世話だ。

ヒッポは急に何か思い出したらしく、ポケットから一枚の紙片を取り出して見た。それから、サトイモ、あばよ、なんて失礼なことを云って自転車を走らせ始めた。僕は腹が立っていた。それにヒッポの古自転車と競走したって勝つに決まっているから、もうヒッポは相手にしないことにした。そこで、いま来た道を戻ろうとぐるり回転した。ところが、

——やい、サトイモ。

とどなって、ヒッポが戻って来た。サトイモ、サトイモと、やおやの安売りみたいに気安なことを云うと、僕はひどく感情を害した。

——うるさい、ヒッポ。

と云って走り出そうとしたら、ヒッポが云った。

——いま、何て云った？　さっきから、何か変なことを云ってるな。

僕は自分のサトイモにばかり気を取られて、ヒッポを忘れていたのに気がついた。僕は急に愉快になった。僕は自転車にまたがったまま、ヒッポを見た。僕は考えた。こいつはどう

見てもヒッポだ、と。ヒッポは少しばかり用心した顔をして、僕を見ていた。そして、何だか云いにくそうに口をもぐもぐさせていたが、やがてこう云った。

——おれの悪口を云ったのか？

——悪口なんて云わないよ、と僕は笑った。ただ、ヒッポって云ったんだ。

——ヒッポ？　ヒッポって何だい？

——あいさつの文句さ、ハロオ・ヒッポなんて云うんだ。

ヒッポは何やら警戒した顔付で僕をにらみつけていた。それから、驚いたことにはポケットから手帳を出して、小さな鉛筆で手帳に何か書きつけた。多分、ヒッポと書いたのだろう。自分の手帳に自分のあだ名を書くなんて、何てごていねいなやつだろう、と僕は笑い出したいのを我慢するのに苦労した。

——ヒッポか、と手帳をポケットにしまいながらヒッポが云った。よし、蚊トンボに聞いてみよう。

ヒッポが、古自転車をガタつかせて走り去るのを見送りながら、僕は考えた。

——蚊トンボ？　蚊トンボってだれなのだろう？

しかし、どうせつまらぬ女に違いなかった。僕のことを、あの子、ちょいとサトイモに似てるわね。なんて云ったやつだから。

僕は家に戻ると、さっそく、鏡に顔を写してみた。不思議なことに僕の顔が、サトイモそっくりに見えたのにはわれながら驚いた。まったく、残念至極のことだが事実だから仕方がない。僕は決心した。蚊トンボめ、見つけしだいひどい目にあわせてやるぞ、と。

東京の友だち

僕は毎朝、青い自転車に乗ってA中学校に通っていた。学校は自転車で十五分ばかり行った隣町にあった。村にも中学校はあるけれども、隣町の学校は高等学校といっしょになっていた。青い自転車は、僕が転校するとき父が買ってくれたのである。

なぜ、A中学校に転校したか?

僕の母が病気になって、高原の療養所にはいることになった。そうひどくはないが、早く処置した方がいいというのでそう決まった。父はある建築会社の技師で、ときどき、一か月近く出張で家をあけることがある。すると、うちに残るのは僕と女中だけになってしまう。僕はそれでも、東京にいる方がいいと思っていた。しかし、父や母に云わせると教育上よろしくないというわけなのだろう、いなかのおじの家に預けられることになった。おじの子どもはみんな一人前になって、別に家を持っている。だから、僕が来るとにぎやかになると云って、おじもおばも大いに歓迎してくれた。おじは人を使って大きな林檎畑と葡萄畑をやっている。その季節になれば林檎や葡萄がふんだんに食べられると、僕はひそかに楽しみにしていた。

しかし、ひとつ閉口したのは、夜になると晩酌なんかしたおじが謡曲をうなり出すことである。何だか変てこな節をつけて大きな声でやり出すから、僕はたちまち落ちつかない気持になってしまう。それだけならまだいい。ときによると、

——おい、タケシ、ちょいとおいで。

とか僕を呼び寄せて、自分の前に僕をすわらせると、僕を勝手に聞き手と決めこんで、ながながとうたう。おばは僕に同情して、

——そんなもの、タケシが聞いたっておもしろくも何ともありゃしませんよ。かわいそうに。

と云ったりするけれども、おじはいっこうに平気である。

——ばか云うもんでないぞ、そのうちにはタケシにもひとつ、仕込むつもりだ。

とんでもない。僕は真っ平御免こうむりたい。しかし、謡曲の災難を除くと、おじの家は陽気でよかった。僕自身、陽気者だから。もっとも、陽気者の僕も、父につれられていなかへ来るとき、駅まで見送りに来てくれた東京の友人たちと別れるときは、何だか心細くて鼻

のあたりがむずむずして困った。

ガスタンクもギョロメも、ハンペンもオシャカサマも来てくれた。みんな僕の仲のよい友だちであった。オシャカサマは僕と握手なんかして、

――早く東京に帰って来いよ。

と云った。オシャカサマというのは僕のクラスの委員をしているヨシオカ・シゲオのことである。髪の毛が縮れて小さな渦巻をつくっていて、頭じゅう渦巻だらけである。おまけに、いやにおとな振っていて、いつか僕が町の本屋で漫画の本を立ち読みしていたら、見つけてのこのこやって来て、こういった。

――君、君はまだ漫画に興味があるのかい？

どうやら、僕の名誉にかかわりそうな云い方だったから、僕は残念だが途中で本を置くことにした。しかし、僕の父だって新聞が来るとまず漫画のところをながめてニヤニヤする。僕はそう云おうと思ったが、もしかすると、父の名誉に関するかもしれないと思って黙っていることにした。そのかわり、念のために、オシャカサマは何に興味があるのか聞いてみた。

――僕かい？　とオシャカサマは偉そうな顔をした。僕は文学に興味があるんだ。

ブンガク？　僕はびっくりした。するとオシャカサマは僕の聞いたこともない小説家や小説の名まえをあげて、ポカンとしている僕に忠告した。

——君も漫画読む暇があったら、少しは読んだ方がいいよ。

僕は大いに面くらって、うん、と答えた。しかし、その後一向に読まない。読む気にもならなかった。

駅で別れるとき約束したので、僕はおじの家につくとすぐ、オシャカサマにいなかの様子を知らせてやった。しかし、僕は文章を書くのが苦手だから、書いてみたらハガキの三分の二もなかった。すると、オシャカサマから返事が来た。何だか、やたらに面倒くさいことをながながと書いて、終りのところに、

山のあなたの空遠く
「幸《さいわい》」住むと人のいう
ああ、われひとと尋《と》めゆきて
涙さしぐみかえり来ぬ
山のあなたになお遠く
「幸」住むと人のいう

としるしてあった。僕はオシャカサマがばかにむずかしい詩をつくったものだと感心した。

ところが、あとでおじの家に遊びに来る若い小学校の先生に見せたら、カアル・ブッセという詩人の有名な詩だとわかった。それならそうと、初めから説明しておいてくれれば余計な感心をしないですんだものを。しかし、遠く離れてみると、古い友人はなつかしい。このいなかにも東京から来た者がいるというから、だれかと思ったら、ヒッポである。

女生徒

村から街の中学校に通っているのは、二年では僕とヒッポのふたりしかいない。僕らはふたりとも自転車で通っていた。朝、街道でいっしょになることもあったが、お互に知らん顔をしていた。しかし、ふたりで競走をした翌日、僕が青い自転車で街道を走り出したら、前方の横町からヒッポの古自転車がとび出した。こっそり待ち構えていたのかもしれない。ヒッポはゆっくり車を走らせていた。そして、僕が並ぶと、黙って僕をにらみつけた。

——ヒッポの意味がわかったのかな?

と、僕は考えた。しかし、僕だってサトイモのうらみがあるから、僕もヒッポをにらみつけた。僕は先に行こうと思えば簡単に行くことができた。が、逃げ出したと思われると残念だから、わざとヒッポと並んで車を走らせた。ヒッポはときどき、僕の方をにらみつけたりしていたが、とうとう云った。

——先に行けばいいだろう。

——別に急がないからね。

僕は答えた。しかし、ヒッポと並んで行くのは少しばかりヒッポに気の毒なような気もして来た。と云うのは、街道を歩いている小学生たちが、いい自転車だなあ、と僕のをほめたのはいいが、そのあとでヒッポの自転車をボロ自転車なぞとけなしたから。

——あばよ。

僕は強くペダルを踏んだ。

街道の右も左も遠く山に終っていた。いや、前も後も山に終っていた。山には朝の日差しが落ち、空には淡い雲が流れていた。僕はオシャカサマの書いてよこした詩を思い出した。母のいる高原も、父や友人たちのいる東京も、すべて山の向こうにある。いつになったら、僕らみんなが顔を合わせることができるのだろうか？

長さ十米ばかりの橋が、村と町の境界であった。橋のところで振り返ると、ヒッポはずっと遅れてしまっていた。橋を渡ると町だけあって、家並が続く。少し行って、もうひとつ長い橋を渡ると駅前通りになる。狭い道でバスが通ると、それでいっぱいになる。この道を二、三分走らせると駅に出る。駅前にはちっぽけな広場があって、バスの発着所になっていた。

バスはこの駅前から、僕らの住む村を通って、もうひとつ先の温泉のある町まで往復している。

僕はいつも、駅前広場をぐるりとまわって学校へ行く道に曲がることにしていた。別にそんなことをしなくてもいいのだが、あまりにも狭い道を走ってくるので、つい、思いきり旋回をやりたくなるらしい。狭いところに閉じこめられていた者が、広いところへ出て大きくあくびをするのに似ているかもしれない。この朝も勢いよく旋回運動をやろうとしたら、ちょうど止まったバスから降りて来た一人の女学生にぶつかりそうなった。女学生といっても、高等学校の生徒であった。この駅の二つ先の駅の町に女子高等学校がある。

——あぶないわね。

と、女学生は僕をにらみつけた。が、にらみつけると同時に、妙なことにちょいと笑顔になったので僕はひどく面くらった。僕はそんな女学生は見たこともなかった。ただ、あぶないわね、と云った言葉がとっさに僕の脳裏に強く響いた。それはこの辺の女の子の使う言葉ではなかったから。それは制服を着たほっそりした女学生であった。僕をにらみつけた目は、ひどく大きかった。といっても、僕はそんなにジロジロ見ていたわけではない。僕は面くらったまままちょいと頭を下げて一目散に道を曲がってしまった。しかし、僕は少なくとも学校に着くまでの何分かの間は、どうにもわからぬ疑問に悩まされた。

――なぜ、僕をにらみつけたのに、すぐ笑ったのだろう？

同時に、僕はその女学生が、何やらなつかしく思えるのを不思議に思った。全然知らぬひとのはずなのに。しかしこの謎はすぐ解けた。僕の母もほっそりして目が大きい。つまり母に似ていたのだ、と。父は僕に似て陽気者だから――いや、僕の方が似たのだろう――よく、母に、あなた！　なんてやられていた。そのときの母の目は猛烈に大きくて、父はメダマにはかなわんとこぼしていたものである。

しかし、なぜあの女学生は笑ったのか？　この謎は一向に解けなかった。もっとも、校門をはいったとたんにみんな忘れてしまったけれども。

二時間目の授業がすんだとき、校庭にいる僕のところに、サトウのソンゴクウがやって来た。そして、ないしょ話でもするように低い声でこう云った。

――ヒッポって何だや？

――ヒッポって河馬のことさ、ヒッポポタマスの……。

そこまで云いかけて、僕はうっかり口をすべらしたのに気がついた。ソンゴクウがヒッポなんて聞くわけがない。これは当人のヒッポに頼まれて聞きにきたに違いなかった。僕はソンゴクウの顔を見た。ソンゴクウは妙な顔をして、

――河馬？　ほんとかや？　ハロオ・ヒッポって、何かあいさつの文句じゃねえかや？

と、容易に信用しないらしかった。

三時間目の授業がすんだとき、ヒッポが僕を見つけてやって来た。ヒッポは僕をにらみつけると、口をもぐもぐさせてこう云った。

——やい、よくも侮辱したな。

——蚊トンボには聞けなかったのかい？

——うるさい。

それから、ヒッポは僕に尋常に勝負しろといった。自転車競走では、車のいい僕が勝つのは当り前だからおもしろくない。名まえはサトイモとヒッポであいこぐらいである。だから木登りと石投げと徒歩競走で勝負を決めたい、とヒッポは僕に申し込んだ。僕は即座に承知した。木登りはあまり自信がないがあとの二つならヒッポなんかに負けるはずがない。いや木登りだって、デブのヒッポよりはうまいだろう。

学校が終るのは同じだけれど、ヒッポは町の知り合いの家に寄る用事があって、二十分ばかり遅れるという。僕らは村の池のそばで会うことにして僕はヒッポに道順を書いてもらった。

——逃げるな。

と、ヒッポが云った。逃げるなんて、あまりばからしいから僕は返事もしなかった。その

かわり、

——蚊トンボってだれだい？

と、聞いてみた。しかし、今度はヒッポが返事をせずに行ってしまった。そこで、僕はソンゴクウをつかまえて、ヒッポに蚊トンボって何だか聞いて来てくれと頼んだ。ソンゴクウは目をくるくるまわしながら出かけて行った。が、二分とたたないうちに戻って来て、

——ああ、痛え、ああ、痛え。

と、左腕をなでていた。

ソンゴクウが聞いたら、とたんにヒッポがソンゴクウの左腕をねじ上げたというのである。

第二話

村の中学生

僕は放課後、約束の池のそばまで行った。

池の村の山に寄った方の部落のはずれにあった。まわりには桜の木が並んで植えてあって、桜のつぼみがふくらみかけていた。僕は自転車を池のそばの草原に投げ出して、石ころをひとつ拾うと石投げの練習をしようと思った。何か目標はないかと見まわしたとき、池の向こう岸に現れた五、六人の子どもがじっと僕の方をにらみつけているのに気がついた。

それは村の中学校の生徒たちであった。

なぜ、僕をにらみつけるのか、僕にはちっともわからなかった。しかし、多勢に無勢だから、うっかりけんかでも始めたらとてもかなわない。さわらぬ神にたたりなしという。僕は知らん顔をすることにした。そこで、手に持っていた石を、二十米ばかり離れた先の桜の木めがけて投げつけた。

――こつん。

石は見事に桜の幹に命中した。とたんに向こう岸で、やいっ、とどなる声がした。見ると、一番大きくて強そうなやつが僕をにらんでこう云った。

――桜に石ぶつけちゃいけねえだぞ。

余計なお世話だ、と僕は思った。が、ここで逆らうとろくなことにはならない。僕は石を投げるのはやめることにした。石投げの練習がだめだとすると、木登りと徒競走の練習をした方がいいわけだが、村の中学生の見ている前でひとり駆け出したり木に登ったりしたら、頭がおかしいと思われる危険がある。といって、池をへだてて向きあったままにらみあっているわけにも行かない。ヒッポとの約束がなかったら、自転車に乗ってさっさと帰ってしまうのだが、それではヒッポとの約束を破ることになる。ヒッポに卑怯者と思われてはがまんできない。

仕方がない。僕は池の土手下の草の上に寝ころんでヒッポを待つことにした。寝ころぶと、向こう岸の連中は見えなくなる。様子がわからないのは、少しばかり不安であった。が、僕の上には春の空がひろびろとひろがっていて、気持がよかった。

すると、僕から五米先の草の中に、すとん、と何か落ちた。何だろう？　と思った時今度は僕のすぐ右手に石ころが一つ落ちてころがった。僕は立ち上がった。向う岸の連中のひとりが投げた石が、立ち上がった僕の頭めがけて飛んで来た。僕はひょいと首を縮めて石をよけて考えた。なんて失礼千万なやつらだろう、と。

——やいっ、と一番強そうなやつがどなった。新しい自転車に乗っていばるな。

その間にも、他の連中は石を投げてくるので、僕はひょいひょいと石をよけねばならなかった。僕は腹が立った。僕は桜の木でもないし、石の地蔵さんでもない。石投げの目標ではないのである。

——石なんか投げなくてもいいだろう。

僕は大声でどなってやった。すると、向こう岸の連中はがぜん色めき立った。なに、とか、生意気だ、とかいいながら、頭を寄せて何やらひそひそ相談を始めた。僕はちょっと心配になった。すぐ相談がまとまったらしい。連中はいっせいに僕の方をにらみつけて、それから、土手伝いに僕の方に歩いて来はじめた。こうなったら仕方がない。こんなばかなけんかはやめて、自転車に乗って逃げ出した方がいい。昔から偉い人というものはこういうときにおとなしく退却したものである。この点だけ、僕も偉い人になれる資格があるかもしれない。そう思って、自転車を起してまたがったとき、待て、とどなって連中が駆け出して来た。僕は急いでペダルを踏んだ。しかし、僕はやはり偉い人になるには少し足りないのかもしれない。

あまり急いだので、草地にあったくぼみに車輪をとられて自転車ごとひっくり返ってしまった。

連中は歓声をあげた。僕はあわてて起き上がった。自転車がぶつかって左の足がひどく痛かった。もう連中は、僕のそばまで来て僕を取り巻いていた。

――やいっ。

と、強そうなやつが云った。やいっ、やいっとうるさいやつである。そばで見ると、そいつはチンパンジイに似ていた。僕はチンパンジイに向かって云った。

――何か用があるのかい？

そのとき、妙なことが起った。僕をとり巻いていた連中が急に顔を見合わせたと思うと、僕から離れて勝手にその辺を歩き始めたのである。僕は振り返った。池に通ずる道をひとりの女学生が歩いて来るのが見えた。女学生は僕のそばまで来ると、立ちどまった。

――どうしたの？

僕は何と答えていいかわからないから黙っていた。女学生――それは僕が今朝、駅前でぶつかりそうになった女学生であった。女学生は、今度はチンパンジイに向って云った。

――あんたたち、何してるの？　弱いものいぢめは卑怯じゃないの。

チンパンジイは不服らしい顔をして、何かぶつぶつぶやいた。それから、一同に向かって退却の合図をすると、連中は横目で僕をにらみつけながら行ってしまった。僕はあっけにとられた。あんな悪童連中を簡単に追っ払ってしまうとは、どういうことだろう？　ほっそりして目の大きい女学生は、その大きな目で僕を見た。

――もう帰った方がいいわよ。こんなところで何してるの？

前にも云ったように、その女学生は母に似ていた。僕はなんだか母と話しているような気がした。友だちを待っている、と云うと女学生は意味ありげに笑った。僕は思い出した。けさぶつかりそうになったとき、僕をにらみつけてから笑顔になったのを、その理由を聞こうかと思ったが、うまく云えぬからやめにした。女学生はもう一度ちょっと笑うと、

――さよなら。

と云って歩き出した。僕も応じた。さよなら、と。

ヒッポがやって来たのは、それから十分ばかりたってからである。ヒッポはふくれた顔をまっかにさせ、古自転車をがたがた云わせながらやって来た。ヒッポは二十分遅れると云った。が、僕の腕時計で見ると三十分遅れていた。

――ごめん、ごめん、とヒッポは珍しく神妙なことを云った。

そこで僕も少しばかりヒッポに親しみを覚えたから、村の中学生のことを話してやった。が、女学生が現れて中学生たちを追っ払ったことは、僕の面目にかかわるような気がしたか

ら云わずにおいた。ヒッポは偉そうな顔をして云った。

——ちぇっ、あんなやつら、おれの名前を云ってみろ、みんな最敬礼すらあ。

それから、僕とヒッポは約束通り石投げと徒競走と木登りをやった。ヒッポは御ていねいにポケットから手帳を出して、得点を書き入れた。不思議なことに、僕は徒競走で勝っただけで石投げでも木登りでもヒッポに負けてしまった。僕らはそれぞれ石を十個もって三十米ほど離れた桜の木をねらって投げた。僕はその中、三回しか命中しなかったのに、ヒッポは八回命中した。僕らは土手から少し離れた草地に立っている一本の大きなあんずの木の太い枝まで、何秒で登れるか競争したが、デブのヒッポは七秒で登れたのに、僕は二十秒近くもかかった。ただ、徒競走だけは、僕の方が早かった。その結果、僕の得点が六点なのに対し、ヒッポは十一点とった。

——愉快、愉快。

とヒッポは大笑いした。僕は一向に面白くなかった。しかし、負けた以上仕方がない。すると、ヒッポは何やら口をもぐもぐさせて、僕の自転車を横目で見た。僕は考えた。ははあ、ヒッポのやつは僕の自転車に乗りたいのだな、と。

——たまにはいい自転車に乗ってみたいだろう？

——ちぇっ、とヒッポは横を向いた。乗りたいもんか。

——乗ってもいいぜ。

——ほんとかい、とヒッポは急にうれしそうな顔をした。じゃ乗るぜ。

そして、僕があきれたほど素早く僕の青い自転車にまたがると、池の周囲を乗りまわした。ヒッポの愉快そうな顔を見ていると僕も愉快になった。ヒッポも悪いやつではない。

僕はこの勝負を東京のオシャカサマに報告した。オシャカサマから返事が来た。君が負けたのはたいへん残念だが、自転車を貸してやったのはよろしい、と書いてあった。ただし、石投げとか木登りとか徒競走とか、あまり一生懸命にやると東京の中学生の頭の程度を疑われるから、気をつけて欲しい。すべからく、もっと頭の働きを必要とすることに熱心になってもらいたい、ともっともらしいことが書き足してあった。

蚊トンボの正体

僕とヒッポは、例の勝負をやってから急に親しくなった。もっとも、ひとつ面白くないことがあった。と云うのは、勝負をやった翌日だったか、ヒッポが校庭で僕をつかまえるとこう云った。

——村の中学生にかこまれて投げとばされたそうじゃないか。

——うそつけ、と僕は云った。投げとばされやしないよ。

——いや、ちゃんと証人がいるんだ、とヒッポはニヤニヤ笑った。おまけに女の子に仲裁してもらったそうだね？

いったい、だれがそんなことを云ったのか？　僕には見当がつかなかった。もしかすると、あの連中のなかのひとりがヒッポに話したのかもしれない。しかし、このことはまもなくわかった。

ある日曜日、僕はヒッポに誘われてヒッポの家に遊びに行った。ヒッポの家は、池の横を通って行ったところにある大きな家である。入口に一本、背の高いくるみの木が立っている。教えられた通り、その庭にはいって行って、まさかヒッポと云うわけにも行かないから、

——ヨシダ君。

と声をかけた。ヒッポは待ちかまえていたらしく、すぐ飛び出して来た。そして、裏手にある小さな離れのような建物に僕を案内した。縁側から部屋に上がって僕はひどくびっくりした。ふすまがあいていて隣の部屋が見える。そこに、例の女学生がいて、僕を見るとすました顔で、いらっしゃい、と云ったから。

——ねえさんだよ。

とヒッポが云った。僕はすっかり面食《めんくら》ってあわてておじぎをした。ヒッポとあの女学生が

姉弟だとは全く想像もつかなかった。しかし、僕はもっと面食わねばならなかった。というのはヒッポが僕の耳にこうささやいたから。

——蚊トンボだよ。

——何だって?

思わず僕は頓狂な声を出さずにはいられなかった。しかし、そう云われてみると、万事納得が行く気がした。ヒッポとヒッポのねえさんの蚊トンボは前もって打ち合わせがしてあったらしく、驚いている僕を見ながら大声をあげて笑った。しかし、僕は大いに閉口した。何しろ、僕にサトイモなんていう不名誉な名前をつけた蚊トンボを、僕は見つけ次第ひどい目に会わせてやろうと思っていた。ところが蚊トンボの正体がわかってみるとヒッポのねえさんで、おまけに僕はあぶないところを助けられている。いわば、恩人というものである。ヒッポのおかあさんにも会った。ヒッポのおかあさんはほっそりしておとなしそうなひとであった。

——ゆっくり遊んでらっしゃいな。

と云って、あとは僕らだけにしてくれた。僕らは蚊トンボもいっしょにトランプをやったり話をしたりして愉快な時を過した。もっともそのときは、ヒッポとか蚊トンボとか呼ぶのは変だから、ヨシダ君とかタカコさんとか呼んだ。ふたりも僕のことをサトイモと呼ぶ代わりに、アキヤマ君とかアキヤマさんといった。

タカコさんは高等学校を出たら、東京の医科大学にはいって女医になるつもりらしかった。

——どうせ、やぶ医者だよ。

と、ヒッポがけちをつけると、タカコさんは大きな目で弟をにらみつけてその耳をひっぱった。ヒッポは、ごめんごめん、とあやまった。

なぜ、医者になるのか？　姉弟のおとうさんが医者だったからという話であった。僕はそれまで何も知らなかった。が、医者だったおとうさんは、戦争で死んだのである。そのため、ヒッポの一家は東京から、おかあさんの実家であるこの家に引きあげて来たという。そして、おかあさんは隣町の役場に勤めているという話であった。ヒッポのおとうさんの写真というのを見せてもらったが、よく太ってヒッポに似ていた。

——君は医者にならないのかい？

——なるもんか。

ヒッポはいばった。じゃ、何になるのかと聞くと、そこまでは考えていないとヒッポは云った。僕だってよくわからない。僕は父のように建築技師になろうかとも思うが、決めたわけではない。いつだったか、まだ東京にいたころ、オシャカサマの家に遊びに行ったら、出版社に勤めているというオシャカサマのにいさんがいて、

――君は何になるつもりだね？

と聞いた。僕がわからないと答えると、

――ふん、未知数か。いいね、未知数は。

と云った。僕には、何がいいのかさっぱり見当がつかなかった。そのとき、オシャカサマのにいさんはこんなことを云った。

――人間はみんな最初は沢山の夢を持っている。しかし、その夢がシャボン玉のようにひとつひとつパチンと割れて行く。そして、夢は大抵みんな消えてしまって、あとはただ、同じことをくり返して生きて行くだけのことになってしまう。その夢がひとつでも実現すれば、それは幸福というものだけれども……と。

僕はおとなしく聞いていたが、正直のところ、よくわからなかった。いまでもよくわからない。

この日、僕はとても楽しかった。多分、この村に来て初めてぐらい楽しかったのだと思う。夕方、帰る僕を送って姉弟は池の先までいっしょに来た。池の桜はもう満開の時期がすぎていて風のない夕暮にひらひらと散っていた。そして土手一面、桜の花びらが散り敷いていた。

――ここだったわね、こないだ……。

タカコさんがからかうように僕に云った。ちょうど、そのとき右手の小路からひとりの中学生が出て来た。それは例のチンパンジイであった。妙なことに、チンパンジイはヒッポを見るとにっこり笑ってあいさつした。

――今晩は。いま行こうと思ってただ。

ヒッポは偉そうな顔をして云った。

――おい、これはおれの友だちなんだからな。

チンパンジイは僕の方をちらっと見て困ったような顔をした。が、僕には何も云わずに、ヒッポに云った。

――あの化物屋敷にな、ゆうべ、あかりが見えただぞ。

――あかりだって?

――はあ、おいら、ゆうべ隣町のおじさんの家へ行った帰り、近道して歩いてたら、化物屋敷にあかりが見えるずら、びっくりぎょうてんして走って来ただ。

ヒッポは考えこんだ。蚊トンボのタカコさんはフンと鼻で笑った。

――ばかね。化物屋敷だなんて。

僕は化物屋敷の話に興味があった。が、おそくなるとおじが謡曲をうなり出したところへ帰ることになる。そうなったら、もう逃げられない。早いとこ夕飯を片づけて、勉強があると称して引っ込まねばならない。そこで、押して来た自転車に乗ると別れを告げた。

——また遊びに来いよ。

と、ヒッポが云った。しかし、驚いたのはタカコさんがこう云ったことである。

——またいらっしゃいな。サトイモちゃん。

僕は走り出した自転車からどなった。

——さよなら蚊トンボ。

僕は自転車を走らせながら考えた。僕がこの山のなかの村に来たのは、母が病気になったためである。ヒッポの一家がここに来たのはおとうさんがなくなったからである。つまり、僕らはどちらもある不幸な出来事のために東京を離れたのである。そして、そのことのために知り合いになったわけである。これは偶然というものだろうが、そう考えるといままでよりヒッポが親しく思えた。

自転車を走らせて行くと、正面の空に一つ、明かるい星が見えた。いままで楽しかったあと、ひとりになって星なんか見ると妙に寂しかった。多分、母もいまごろ病室で星を見ているのかもしれない、と思った。が、その母の顔が蚊トンボの顔と同じなので僕は不思議に思った。

翌日、学校でサトウのソンゴクウに会った。ソンゴクウは小鼻をぴくぴくさせてこう云った。

——蚊トンボってわかっただぞ。教えたら、自転車に乗せてくれるかや?
どうしてわかったのかと聞いたら、ヒッポが教えてくれたと云った。僕が、もう知っていると告げるとソンゴクウは目玉をくるくるまわして残念がった。しかし、自転車に乗せてやると云うと、やはり目玉をくるくるまわして喜んだ。

校長室

母から手紙が来た。何でも経過が非常にいいらしいので、この分だと思ったより早く東京に戻れるかもしれないと書いてあった。思ったより早く、と云ってもまだ半年かそれ以上はだめらしかったけれども。が、僕はうれしかった。

東京の友だち連中からも、ちょいちょいたよりがあった。一番長い、むつかしい手紙をくれるのはオシャカサマで、一番短い、簡単なたよりをよこすのはハンペンである。オシャカサマは読んだ小説の感想をながながと書いたり、僕にお説教をしたりする。かと思うと、墓地の冷たい墓石に腰をおろして永遠を考えたとか、芭蕉のように人生を旅と見て日本全体を放浪したいとか書いてあって、僕は驚くばかりである。

そこへ行くと、ハンペンは僕と同類である。ハンペンのたよりなら、ここへそのまま引用してもたちまち終ってしまう。

拝啓　元気か。わが輩も元気なり。このごろ、オシャカサマの髪の毛は前より一段と縮れて来たようだ。しっかりやれ。　敬具

こんな文面なら、何も拝啓とか敬具とかつけなくてもよさそうに思うが、ハンペンは手紙にはそう書くものと思っているのかもしれない。僕の父は筆不精で、たまにたよりをくれても用事だけしか書いてない。その父からたよりがあって、近いうちに一度そっちへ行く用事があるから寄ると書いてあった。

ある日、学校が英語の授業を受けているとき、小使が教室にはいって来て英語の先生に一枚の紙片を渡した。

——アキヤマ、とその先生は云った。授業が終ったら校長室に行くように。

クラスの連中はみんな僕の方を見た。ソンゴクウは小声で僕にたずねた。

——何やっただや？　へえ、おしかりを受けるだぞ。

——サトウ、と先生が云った。次を訳して見ろ。

ソンゴクウは頭をかいた。

僕は別に何もした覚えがないから、見当がつかなかった。しかられるはずはなかった。とはいえ、校長室なんてあまりうれしくない。しかし、仕方がないから、授業が終ると、長い廊下を歩いて校長室まで行った。ドアの前で、思わず一つ深呼吸をして、トントンとノックした。

すると、話し声がやんで、校長の声でおはいり、と云うのが聞えた。僕はドアを開いた。正面に、大きな机を前に頭がはげて太った校長がすわっていた。校長はにこにこ笑っていた。僕に背を向けて、つまり校長と向きあって、ひとりの洋服を着た男がすわっていた。洋服を着た男は、振り向いた。しかし、振り向く前に僕はすぐわかった。

——父だ。

と。

父は僕を見ると、ちょいと首を振った。僕もちょいと首を振った。昔から、僕ら親子のあいさつはこの通りである。僕が校長におじぎをすると、校長は至極上きげんであった。

——よく似ていなさる。

僕は休憩時間のあいだ、父の隣のいすにすわって校長と父の話すのを聞いていた。父もかつてはこの学校の生徒だったのである。そのとき、国語を習ったのがこの校長だったと聞いて、僕は改めて校長の顔を見た。

——あの時分は、と父が云った。もっとやせて、頭の方もよく茂っておりましたね。

——あはは、と校長は笑った。しかしあんたも腕白者で手こずらせましたな。

父は何十年振りだろう、と云ってひどくなつかしがっていた。僕が転校するときは忙しかったので、おじが僕と一緒に学校に来てくれたのである。

授業のベルが鳴ったので僕は校長室を出た。父はドアの外まで来て、これからこの先のN市まで行って仕事を片づけてしまうから、三日目の日曜日に、N市のH館という宿屋まで来いと云った。

——H館？

——ああ、聞けばすぐわかる。早く来た方がいいな。ごちそうしてやる。

——映画はどうだろう？

父はしかめ面をした。一度、父と映画を見たら、父はすぐ居眠りを始めて、そのうちいびきなんかかき出して僕はひどく恥ずかしい思いをした。しかし、こんなときでもないと見られないから、恥ずかしい思いをしても見たいと思った。

——友だちをつれてってもいい？

——友だち？　いいとも。

僕は走って教室に戻った。ちょうど国語の先生がはいって行くところで、そのあとから僕もはいった。クラスの連中は大いに好奇心を覚えているらしい顔つきで僕を見た。ソンゴクウが小声で聞いたので教えてやったら、ソンゴクウは頓狂な声を出した。

——何だ、おっちゃんが来ただか？

国語の先生がソンゴクウをにらみつけた。僕が窓から見ていると、運動場を横切って父が大またに校門の方へと歩いて行く姿が見えた。

授業が終るとすぐ、僕はB組の教室に行って、ヒッポを廊下に呼び出した。

——こんどの日曜、N市にごちそう食べに行かないか？

——ごちそうだって？

ヒッポはいつものように口をもぐもぐさせた。

——いったい、何の話だい？

僕が説明すると、ヒッポもうれしそうな顔をした。が、急に心配顔になった。

——おれが行っちゃまずいだろう？

僕は父が友人をつれて来てもいいと承知したのだ、と安心させてやった。

ヒッポは、おかあさんが許してくれたら行くと答えたので、僕は感心した。僕がそんな話を聞いたら、簡単に承知してしまう。父や母はそのあとで承知させてしまう。多分、おとうさんのいないヒッポの家では、おかあさんを姉弟ふたりで大事にしているのだろう。

そのとき、僕はいいことを思いついた。
――どうだい？　君のねえさんの蚊トンボも誘おうじゃないか？

第三話

不思議な男

日曜日の朝、僕ら三人は八時半にN駅に着いた。三人——というのは僕とヒッポと蚊トンボである。N市は大きな町だから、駅も大きい。僕らはやっと案内所を探し出して、H館と聞くとすぐ分った。駅の前から広い道が真直ぐのびている。その道を歩いて行くと、右側にあるという。

——バスがありますよ。

と、案内所の人は云った。が、歩いて二十分と聞いて、僕らは歩いて行くことにした。長くのびた道の突き当たりの辺に、小高い丘が見える。道はその丘に向って少し上がりになっていた。知らない町を歩くのは、もの珍しくて、多少不安で、しかし、楽しいものだ。僕らは、名前は知らないが、大きな葉をつけた街路樹の並ぶ舗道を歩いて行った。爽やかな朝風が流れて、ヒッポは口笛なんか吹いていた。軒を並べた商店も、もう殆んど店を開いていた。

——あら、いいわね。

と、突然、蚊トンボのタカコさんが立ち止まった。一軒、額縁屋があっていろいろな絵のはいった大小の額がずらりと並んでいた。僕らは店にはいってみた。僕もヒッポも特に気に入った絵はなかったが、蚊トンボは白い服を着た金髪の少女の半身を描いた絵がいいと云った。

——N市まで来ると、何でもあるわね。

と、蚊トンボは云った。僕らのいる村はもちろん、僕らの学校がある町にも額縁なんか売っている店は一軒もない。

——でも、八百円じゃ高いわ。

と、蚊トンボは情けなさそうな顔をした。

H館は大きなりっぱな旅館である。僕らははいるのにちょっと躊躇した。しかし、はいらないわけには行かないから、思い切って玄関に立って案内を頼んだ。出て来た女中は僕らを見ると妙な顔をした。しかし、僕がアキヤマだけれど父は泊まっていないかとたずねると、女中は急にニコニコした。

——まあまあ、いらっしゃいまし。でも、ずいぶん、早く御出かけでしたのね。おとうさんはまだお休みでございますよ。ちょっと、こちらでお待ちくださいな。

僕らは安楽椅子や小さなテエブルのある洋間に通された。腰を降ろすと、僕らは顔を見合わせて何となく笑った。蚊トンボは首をすくめたりした。僕らは急にものが云えなくなって、ただ顔を見合わせて笑ってばかりいた。女中がお茶を持ってくると、僕らは何となくていねいにおじぎしたりした。父が早く出てくればいいのだが……。父が寝坊なのを、すっかり忘れていたのは失敗であった。こんなことなら、もっとゆっくり出かけて来てもよかったのである。

——何だってこんなに早く来たんだい？

そこへ父が旅館の寝まきのまま、眠そうな顔をして現れた。そしてヒッポと蚊トンボが一緒にいるのを見ると、ちょいと苦笑した。

——やあ、お友だちがいっしょか？　これは失敬したな。

僕はヒッポと蚊トンボを父に紹介した。ヒッポも蚊トンボも、ばかにかしこまっていて、少しばかりおかしかった。僕は父に、早く来いと云ったから早く来たのだ、と抗議を申し込んだ。

——早くって云っても十時すぎぐらいだと思ってたよ、と父は云った。まさか学校に行くんじゃあるまいし。

それから、洗面したり食事したりするから、一時間ばかり公園にでも行って来るがいいと云った。旅館に坐っていてもつまらないから、僕らはさっそく公園に行くことにした。公園は、小高い丘の上にある。H館を出て十分ばかり行くと、公園に出た。まだ、人影もまばらで公園は静かであった。僕らは丘の上から、目の下に広がるN市を眺めた。朝の明かるい陽差しを浴びたN市も、遠く近く四方を山で囲まれていた。広い道をバスやトラックが動いていた。駅の建物の左手には、湯気のような煙を出している煙突が見えた。右手の大きな建物のてっぺんには青い旗がゆれていた。

——おや？

そのとき、僕らの右手にある公園のあずまやに、ふたりの男が坐っているのに気がついた。二人は何か話しあい、片方が大きな包みを渡すと、片方は小さな紙包みを渡した。それが終ると大きな包みを受けとった五十ぐらいの目のギョロリとした男は、立ち上がると坂をくだって行ってしまった。

僕はわざと大声でヒッポや蚊トンボと、丘からの眺めについて話しあった。が、一方ではこっそりと、残っている男の様子を見ていた。小さな紙包みを受けとった男は、包みを開いて何か調べるとポケットに入れ、煙草を一本のむと立ち上がった。そのとき、ジロリと僕らの方を見た。僕は見ない振りをしていた。男は両手をズボンのポケットに入れ、公園の裏手の方へと歩いて行ってしまった。

——おい、と僕はヒッポに云った。いまの男見たかい？

——何だって？ ヒッポは口をもぐもぐさせた。どの男だい？

ヒッポは気づかなかったらしい。しかし、僕は憶えていた。それは僕とヒッポが初めて口をきいたとき、村の街道で自転車競走みたいなことをやったとき、大きな荷物を背負って街道を歩いていた例の男に違いなかった。

——こんなところで何をしているのか？

しかし、もう僕らはH館に戻らねばならなかった。

ルノワアル

H館に戻ると、父はすっかり用意ができていて、もう眠そうな顔はしていなかった。

——どうするかね？ と父が聞いた。

——映画を見たいな。

と僕は云った。父は苦笑した。

——そうか。それじゃおつきあいして、ひと眠りするか。

僕らはＨ館の女中に聞いて、映画館に行った。かなり大きな映画館で、まだ始まっていなかった。が、十五分もすると始まった。二本とも西部劇で、僕とヒッポは大いに堪能した。しかし、蚊トンボは悲しい映画か、恋愛映画がいいと云った。勇ましい女のはずの蚊トンボがそんなことを云うのは不思議と云うほかない。父に至っては、さっそく居睡りを始めた。しかし、いびきをかかなかったのは、父としては上出来と云ってよい。

終って外へ出ると、もう二時近くなっていた。僕ら三人とも猛烈にお腹が空いていた。そこで、父がつれて行ってくれた大きなホテルの食堂でたらふく食べた。父はニヤニヤしていたが、内心大分呆れたらしかった。食事が済むと僕らはロビイで、アイス・クリイムをとってしばらく話をした。もう、きょうだいも遠慮がなくなって冗談を云って父を笑わせたりした。

ホテルを出るとき、蚊トンボが僕に小声で云った。

——いいわね、おとうさんがいると。

僕は驚いた。蚊トンボの大きな目が泣きそうに見えたから。僕は大股に歩いて行く父のそばに行って小声で聞いた。

——おとうさん、お金沢山もってる？

——何だって？　と父は妙な顔をした。小遣いが足りないのか？

——八百円ぐらい使っても破産しないかな？

僕は父に簡単に説明した。父は黙って僕の顔を見た。それからこう云った。

——何が欲しいんだ？

——どこだ、その店は？

僕らは真直ぐ例の額縁屋に行った。少女の絵を見ると、父は、うん、こりゃいい、ルノワアルだな、と云って額縁のまま店員に包ませると僕に渡した。僕は、店の前の街路樹につないである白いスピッツをからかっている蚊トンボのところに行った。うまく云えないから、黙って包みを出すと、蚊トンボのタカコさんは不思議そうな顔をした。

——さっきの絵だよ、と僕は云った。父が買ってくれたからあげるよ。

蚊トンボは最初本気にしなかった。が本当だと分ったときの蚊トンボのうれしそうな顔を僕は忘れられない。蚊トンボは包みを胸に抱くと、父のところに駈けよった。僕とヒッポは街路樹の下に立っていた。蚊トンボは上気した顔をして、父に礼を云っていた。父は却って困ったような顔をして苦笑していた。父は仕事が予定通りかたづかなかったので、もう二、三日N市に残ると云う。そうなると、おじの家にも寄れないと云う。残念だが仕方がない。僕らはあまり遅くならないうちに帰ることにした。父は駅まで送って来て、僕らの切符を買ってくれた。ヒッポと蚊トンボはあわてて断ろうとしたが、もう買ってしまったから仕方がなかった。

――心配しなさんな、と父は云った。あんたがお医者さんになったら、御馳走して貰うから。

――ええ、うんと御馳走しますわ。

蚊トンボが云った。

プラットフォオムを歩いているとき、父は僕の肩を叩いた。

――まあ、しっかりやれよ。

僕はうなずいた。

――おとうさんも、あんまり寝坊しないことだなあ。

壁かけ

おじの家に戻っても、三、四日はN市に行ったときのことが頭を離れないで閉口した。ヒッポに会っても、よくその話をした。

――よかったなあ、とヒッポは云った。あんなにごちそう食べたの久しぶりだぜ。

御馳走と云えば、僕だって久しぶりに違いなかった。N市に一緒に行ってから、僕はヒッポといっそう親しくなった。また、蚊トンボとも。僕はよくヒッポの家に遊びに行ったし、ヒッポも僕のところに遊びに来た。ヒッポの家に遊びに行くと、部屋に例の少女の絵がちゃんとかかっていた。ヒッポのおかあさんはひどく悪がって、何遍も礼をいうので僕はあいさつに困るほどであった。

——アキヤマさんのおとうさん、素適ね。と、蚊トンボのタカコさんは云った。

しかし、僕にはどうもよく分らない。父は寝坊で、食事のときは新聞ばかり見ているし、新聞でも漫画を真先に見るし、設計の青写真か何かを見ながら調子はずれの歌を歌ったりするし、傘をよく電車か自動車に忘れて来て母に叱られるし、かと思うと一度は他人の傘を間違えて持って来たこともあるし、お酒なんか飲んで遅く帰って来ると、僕の鼻をつまんだり女中に土産をやると云ったりして家じゅうのものを起こしたりするし、ともかく、一向にすてきだとは思えない。

おじの家の裏手にはちょっとした庭があって、庭の先は小川になっている。小川の先は林檎畑である。小川には小さな橋がかかっていて、庭から橋に出るところに小さな葡萄棚が立っている。

ある日、この棚の下に立って僕は小川を見ていた。ちょうど、オシャカサマから手紙が来て、水の流れを見たまえ、人生は流れに浮かぶ泡のようなものだ。なんて書いて来たから何となく小川を見る気になったのかもしれない。しかし、オシャカサマと僕とは頭の構造が違うせいか、いくら見ていても一向にそんな気にはならない。

——……？

僕はびっくりした。突然、うしろから両手で目かくしされたから。だれだい？　止せよ、と僕は身をもがいた。するとクックッと忍び笑いする声が聞こえた。同時に目かくしした手が離れて、振り向いた僕の前に蚊トンボが立っていた。

——びっくりした？

——うん。

——だれだか分った？

——分らなかった。

僕は嘘をついた。何故嘘なんかついたのかよく分からない。しかし、僕には分っていたのである。いや、分っているような気がしていた。

蚊トンボは、着ていたうすいカアディガンのポケットから、小さな紙包みをとり出すと僕に差し出した。

——開けてごらんなさい。

開いてみると、畳んだ黄色い布がはいっていた。布をひろげると、青い花が一面に刺繍してあって、下の方に赤くTとロオマ字がはいっていた。

——きれいだね。

——それ、あげるから気にいったら壁にかけとくといいわ、と蚊トンボは云った。とっても面倒臭くて思ったよりずっと手間どっちゃった。

——どうもありがとう。

僕はありがたく頂戴することにした。何故くれるのか、とは聞かなかった。聞かなくても分っていたから。すると蚊トンボは、いったい何をしていたのかとたずねた。僕はオシャカサマの手紙のことを話した。蚊トンボは大声で笑った。

それから僕は河の土堤まで行ってみることにした。畑の先に、高い土堤が長くつづいている。僕らは小川の橋を渡り、林檎畑のなかの小路を歩いて行った。林檎の白い花はもうとっくに散ってしまっていて、青い小さな実が点々と葉かげからのぞいていた。そして気持のいい風が、林檎の葉をサラサラと鳴らして吹いた。夕暮が近く、遠い山の辺りには白いもやがかかっていて、下の方にポツンとひとつ、電燈の灯が見えたりした。

——夕暮っていいわね、と蚊トンボが云った。

土堤に上がると、僕らは暫く川を眺めた。川幅は二米ほどで、きれいな水がゆっくり流れていた。遠く川下の方に、大きな橋が見えた。僕は登校するとき、いつもその橋を渡って行く。橋を渡ると狭い駅前通りになる。駅前通りを行くと駅前の広場に出て――僕が目の大きなほっそりした女学生の蚊トンボに衝突しそうになったのは、その広場だ。見ているうちに、川の水は次第に黒ずみ始めた。

――おおい。

と呼ぶ声がした。林檎畑のなかをヒッポの白いシャツが走って来るのが見えた。ヒッポは土堤に駈け上がると、フウフウ肩で息をした。

――どこに行ってたの？

蚊トンボが聞いた。

――重大会議を聞いてたんだ。

とヒッポはえらそうな顔をした。

――重大会議だなんて、どうせろくでもない話をしていたのよ。云ってごらんなさい。

――女なんかに分かるものか。

――云えないの？

――云えるさ、化物屋敷探検の相談をしてたんだ。

――ばかね、蚊トンボは笑った。まったくばかだわ。

――ちぇっ、とヒッポはほっぺたをふくらませた。だから、女には分からないって云ったんだ。

それから、僕の方を向いてヒッポは意味あり気な顔をした。

——探検隊に参加するだろう。

——あたり前さ。

と僕が云うと、蚊トンボは情けないような顔をして僕を見たので、ちょいと困った。まもなく僕らは土堤を降りた。小路を歩きながら、蚊トンボは歌を歌った。

——ねえさんで感心するのは歌ぐらいのもんだな。

と、ヒッポが云ったら、蚊トンボは突然ピッポの腕をねぢり上げた。日ごろ強そうな顔をしているヒッポも蚊トンボには頭が上がらないらしい。この調子なら、蚊トンボも化物屋敷探検隊に加わって、いざというとき化物をキュウキュウ云わせたらいいと思ったけれど、そう云ってうっかり僕の腕でもねぢ上げられると困るから云うのは見合わせた。

おじの家の庭に、ヒッポの古自転車がおいてあった。ヒッポが姉の蚊トンボを後にのせて帰ってしまうと、僕は自分の部屋にはいって、貰った「青い花」の壁かけを壁にピンでとめた。そして夕食後、おじの謡曲は御免こうむって、壁かけの下の机に向かってオシャカサマに手紙を書いた。N市に行ったときのことや、壁かけを貰ったことなどを。僕の手紙はどういうわけか、いつもの三倍ぐらいになってしまった。手紙に蚊トンボの名まえを書くたびに、少しばかり胸がどきどきした。なぜなのだろう？

オシャカサマから返事が来た。

――君にあんなに長い手紙が書けるとは思わなかった。意外千万のことである。

という書き出しで、例によってながながと感想がしたためてあった。その手紙は僕のよりまた三倍も長かったのに、その終りには「まだまだ書きたいが、ひとまず、このへんで中止する」と書いてあるから驚くほかはない。

オシャカサマは、僕の手紙を東京の友人たちに見せたらしい。もっとも、これは毎度のことらしいけれども。その結果、たいへんな話題になったと書いてあった。壁かけを貰って長い手紙を書くようになったからには、君も幾らか詩人になったに違いない、と、わけの分らぬことも書いてあった。おまけに、「少年の日」という詩を引用して、思いあたることもあるだろうと書いてあった。春、夏、秋、冬の四節があるが、ここには春と冬のところだけ記してみよう。

野ゆき山ゆき
　海辺ゆき
真ひるの丘べ

花をしき
つぶらひとみの
　君ゆえに
うれいは青し
　空よりも。

君は夜な夜な毛糸あむ
銀の編み棒にあむ糸は
かぐろなる糸あかき糸
そのランプ敷きたれがものぞ。

別に思い当たるところはなかったけれども、その詩は僕の気にいった。声に出して云うとよけいよかった。これにくらべると、おじなんか謡曲をうなっていい気持ちになっているのだから、つまらない話だと思う。あれはまったく、ひとを困らせるだけである。おじの子どもたちだって、ときどき遊びに来ても夕方になると急いで帰ってしまう。

——夕飯食べといで。

と、おばが云っても、

――だめだめ、あれを聞かされちゃ消化不良で胃を悪くするから。

と、さっさと消えてしまう。

化物屋敷

僕らは、ある日曜日の午後、池のほとりに集合した。僕、ヒッポ、チンパンジイ、ソンゴクウの四人である。僕らはいずれも用心のために木剣とか棒を携えていた。もっとも、そんなものを使わなくてすむ方がありがたいことは云うまでもない。このころは、僕ももうチンパンジイと仲良くなっていた。なぜ、前に池のそばで僕に敵対行動をとったのか聞いてみたら、僕をおどかして、みんなで自転車に乗るつもりだったという答であった。

――きょうはおれが隊長だぞ。

と、ヒッポが云った。

――白虎隊じゃなくてヒッポタイかや？

と、ソンゴクウがへんなことを云ったら、ヒッポはソンゴクウをにらみつけた。

――隊長を侮辱すると除名だぞ。

蚊トンボのタカコさんも池のほとりにやって来た。そして、僕らのかっこうを見て、

――敗残兵みたいね。

と批評した。僕は蚊トンボを見るとすぐ、つぶらひとみの君ゆえに、うれいは青し空よりも、という詩の文句を思い出した。僕には悲しいことは別にない。ただときどきさびしいだけだ。なぜか知らない。

しかし、今は詩なんか思い出しているときではなかった。僕らは化物屋敷探検に出発するのである。僕ら四人と蚊トンボのほかだれも知らなかった。

――何時だい？

ヒッポが聞いた。僕は腕時計を見た。

――一時半だよ。

――じゃ出発だ、とヒッポはほっぺたをふくらませた。ねえさん、四時半までに帰らなかったら、おれたちは全滅だと思ってくれ。

――ばかも休み休みいうもんよ。

と、蚊トンボは一向に同情しなかった。それでも、僕らが歩き出すと、気をつけなくちゃだめよ、と云った。

ところで、化物屋敷とは何か、簡単に説明しておこう。僕らの村は幾つかの部落から成り

立っていて、その部落があちこちに散らばっている。僕のいるおじの家のある部落は川に近い平地にあって、一番大きいし、また一番賑やかである。が、化物屋敷のある部落は、村の一番はずれの山裾にある一番小さなヤツである。

七、八年前、この部落の一軒ポッンと離れた小さな家に住んでいたじいさんが、首を吊って死んでしまった。どういうわけで死んだのか僕は知らない。ヒッポに聞いても、ヒッポも知らなかった。だれも身寄りがなかったらしく、その家はそのまま人が住まずあき家になっていた。それなのに、じいさんの幽霊が出るなんて非科学的なうわさが広がって、寄りつくひともなかった。

かねてから、ヒッポやヒッポの仲間はこの化物屋敷を探検しようと思っていたらしい。しかし、別にきっかけもなかったから、そのままになっていた。ところが、前にもちょっと云ったように、ある晩、チンパンジイが偶然この化物屋敷にあかりがついているのを見たのである。

——間違いなかったか？

ヒッポが念を押すと、チンパンジイは少し腹を立てて答えた。

——へえ、この目でちゃんと見ただ。間違いっこねえだ。

それで、いよいよどうしても探検せねばならないことになった。しかし、チンパンジイは村の中学生だし、僕らは町の中学生だしするから、うまく日取りが決まらない。それにチンパンジィは休みの日には田んぼや畑の手伝いをしなくちゃならない。容易に決まらないでいたのが、やっとこの日に決まったのである。

空はよく晴れて、歩いていると暑いぐらいであった。僕らは乾いた土の道を威勢よく歩いて行った。

——しまった。とソンゴクウが叫んだ。

——何だい？

——昼間じゃ化物は出ねえだ、へえ、夜行くのがほんとうだに。

——化物に会いに行くんじゃないんだぞ。とヒッポの隊長がたしなめた。

小さなやしろの前を通るとき、ソンゴクウはパチパチと手をうっておじぎした。

——死んでも生命がありますように。

そう云って目玉をくるくるまわした。

僕らは二十分近く歩いて、目指す部落にいった。部落を抜けてちょっと行くと、大きな森がある。森にはひんやりした空気が流れていて、いろんなきのこがはえていた。

——あれだ。

僕らは木のかげにかくれて化物屋敷を見た。みすぼらしい小さな家で、正直なところ、僕はいささかがっかりした。

第四話

化物屋敷（続き）

それは、化物屋敷というよりは化物小屋と云った方が似つかわしかった。人が住まなくなってもう何年もたっているから、すっかり荒れはてていた。いつだったか、蚊トンボは「故郷の廃家」という歌を歌った。この家もあばらやには違いなかった。しかし、蚊トンボの歌で聞くとあばらやもまんざら悪くない気がするけれども、この化物小屋じゃ歌にもならないだろう。

——けちな化物屋敷だね。

と僕が云うと、ソンゴクウが頓狂な声を出した。

——へえ、一斉突撃するだ。

——シッ、とヒッポがおこった顔をした。大きな声を出すな、間抜けだな。

——びくびくすることはねえだ、とソンゴクウは威張った。へえ、化物は昼寝してるだ。不意打ちを食わすがいいだ。

——人間が昼寝してるかもしれねえだ。と、チンパンジイが云った。

夜、この家にあかりがついていたというのが本当なら、人がいると考えられないこともない。僕らはちょっと黙り込んだ。僕らには化物より人間の方がずっとこわかった。本当に人がいるのだろうか？

ヒッポの隊長はほおっぺたをふくらませて、僕らに作戦を授けた。まず、僕とヒッポがその家を偵察する。その間、ソンゴクウとチンパンジイは見張りをする。だれか来る気配がしたら、口笛を吹く。口笛を聞いたら、僕らは急いで三十米ばかり離れたところにあるやぶのかげに逃げ込む。

——いいか、間違えちゃいけないぞ。

と、ヒッポは偉そうな顔をした。ソンゴクウは口笛なんか吹くより、タアザンのようにオホホオイ・ホイとかどなったほうがいいと提案した。しかし、ヒッポににらみつけられると、首をすくめて目玉をくるくるまわした。そして、ソンゴクウは家の表の方を、チンパンジイは裏手の方を見張ることに決まった。

それから、僕とヒッポは足音を忍ばせて化物小屋に近寄った。僕らはまず、家の戸口のところに行ってようすをうかがった。何の物音もしなかった。が、念のため、家のまわりを一周してみた。簡単に一周してしまったが、やはり怪しい気配はなかった。雨戸がしまっていて、なかのようすはわからなかった。

――だれもいないらしいね。

僕は低い声でヒッポに云った。ヒッポは雨戸の隙間から中をのぞき込んでいたが、僕を振り向くと云った。

――よし、はいってみよう。

僕はちょいと緊張した。

――何時だい？

僕が腕時計を見ると、二時十分過ぎであった。なぜ、時間なんか聞いたのかわからない。多分、ヒッポも緊張していたのだろう。僕らは戸口の板戸をあけてはいることにした。ところが、簡単にあくはずだと思っていた戸がなかなかあかない。よく見ると、戸の上の方に小さな棒が差し込んであった。

――おかしいぜ、とヒッポが首をひねった。だれも住んでいない家にこんなことしてあるなんて。

――おかしいな。

と、僕も相づちを打った。僕らはその棒を抜くと、戸をあけた。戸がガタガタと鳴ったので、少しばかりどきんとした。なかにはいると、暗くて最初はよくわからなかった。が、目が慣れると、家の中は一目瞭然であった。土間と部屋がひとつと、それだけしかなかった。部屋のなかほどに黒くすすけた自在かぎがぶら下がっていた。そのほかには何もなかった、と云いたいところだが、実際のところ、僕らはあっけにとられてしばらくは口がきけなかったのである。

——何だろう？

やっとヒッポがそう云った。部屋の中には、仏像とか壺とかが幾つか置いてあった。最初、仏像を見たとき、僕は人がいるのかと思って驚いたものである。僕らは大小の仏像と壺をちょっとながめた。ながめてもよくわからなかった。丸くて口の広い壺もあれば、長細い壺もあった。そのほか、お酒の一升びんが二本ばかり土間にころがっていた。

——何だろう？

と、ヒッポがまた云った。そのとき、外で口笛を吹く音が聞えた。僕とヒッポは顔を見合わせた。それから戸口から飛び出すと一目散にやぶのかげに逃げ込んだ。そこにはもうソンゴクウもチンパンジイも来ていた。

——だれが来たんだい？

ヒッポはフウフウ云いながら、口笛を吹いたソンゴクウにたずねた。

――だれだかわからねえ。へえ、だれか来ただ。

ソンゴクウの返事は至極たよりなかった。僕は戸口をあけっぱなしで来たのが気になった。しかし、しめに行くわけにもいかなかった。僕らは息を殺して、だれが現れるかとやぶのかげから前方をすかして見ていた。

――こらっ！

僕らはみんな飛び上がった。突然、後ろでそうどなる声がしたから、ソンゴクウは十米ばかり駈け出していた。が、振り向いた僕らは大いに安心したと同時に大いに立腹した。

――なんてだらしがない探検隊なの。

そう云って笑っているのは、ほかでもない、蚊トンボだったのである。

木彫の仏像

――ふざけんない。

と、ヒッポはほっぺたをふくらませてカンカンになった。僕らはみんな、女の蚊トンボの一声で飛び上がったことがしゃくにさわって仕方がなかった。と云っても事実だからやむを得ない。

――こんどはあたしを隊長にするといいわ。と蚊トンボは腕組みをして云った。でも、こんな隊員じゃたよりないわね。

――へえ、おらほんとにたまげただ。と、ソンゴクウは眼玉をくるくるまわした。雷様のお化けが落ちたかと思っただぞ。

しかし、僕らはいつまでもそんなことばかり云い合っているわけにも行かなかった。今度は僕らが戸口に立ち、ソンゴクウとチンパンジイと蚊トンボが中にはいった。

――化物の正体見たり仏さま。

ソンゴクウがそういうのが聞えた。

三分たつと僕は合図した。三人が出て来ると、僕らは板戸をしめ棒を元のように差し込んで帰途についた。なぜあんなところに仏像とか壺があるのか？

――あれは割合最近持ってきたものね、と蚊トンボが云った。ほこりがついていなかったわ。

僕らは驚いて蚊トンボを見た。そんなことに気づいたのは、残念ながら蚊トンボひとりであった。僕らは、それでも探検の結果に満足した。なぜ、仏像や壺があるのかよくわからないが、ともかく、戸口に棒が差し込んであったり、一升びんがころがっていたりするところから見てだれかがあの化物屋敷を利用しているのに違いなかった。だれが——僕の頭にこのとき、すぐひとりの男が浮かんだ。一度は街道で、一度はN市の公園で見かけた例の男が……。すると、なんだか向こうからその男が歩いて来るような気がして気味が悪かった。

僕らは部落を抜けた先の清水のところで休息した。岩の間からわき出る清水が小さな水だまりをつくって流れ落ちる。そこに口をつけて僕らは交互に水を飲んだ。僕が水を飲もうとすると、水に影が映って小さな青い花が水面に落ちて来た。

——……？

振り仰ぐと蚊トンボが笑っていた。僕は水に顔をつけて冷たい水をむさぼるように飲んだ。

——青い花。

と、僕は考えた。その花の名前は知らない。しかし、青い花でいい。蚊トンボのくれた壁かけに刺繡してあったのは青い花だ。

僕が立ち上がって見ると、ソンゴクウとチンパンジイが取っ組み合いをしていた。そのうちに、チンパンジイがソンゴクウのズボンのポケットから何か取り出した。

——よせやい、よせやい。

ソンゴクウは大いにあわててそれを取り戻そうとした。何だかよくわからないが、二十糎米ばかりの黒いものである。ヒッポが素早くチンパンジイの手からそれを取り上げた。ソンゴクウはあきらめたのか、ひょいと逆立ちして舌を出した。

――なんだい、これは？

僕らはヒッポのまわりに集まった。そしてあっけにとられた。それは木彫の仏像であった。観音さまだよ、とチンパンジイが云った。ソンゴクウはやたらに汗なんかふきながら、横目で観音さまを見ていた。

――こっそりポケットに入れてしまっただ。

と、チンパンジイが笑いながら説明した。

――チンパンジイのボケナス、とソンゴクウはどなった。戦利品がわからねえだか？

――戦利品？

――へえ、探検に行って手ぶらで戻ることたねえだ。記念品ぐらいちょうだいしてくるのが当たり前だに。

ヒッポはほっぺたをふくらませてソンゴクウをにらみつけた。しかし僕らはなんとなく笑ってしまった。僕の父は酔って帰って来たときなど、ときどきズボンや上着のポケットから杯だとかはし置きなんか出して見せる。こっそり持って来たんだと自慢する。とられた店ではかえって喜んでいる、なんて云って得意になっているがどんなものだろう？　それを思い出したら余計おかしかった。しかし、化物屋敷から観音さまをちょうだいしてくるとは、ソンゴクゥも妙なやつだ。

――返さなくちゃいかん、とヒッポは云った。全く手数のかかるやつだな。

返さなくちゃいけないことは間違いではない。しかし、ソンゴクゥはもうケロリとして、住む人のいない家だから、この観音さまにも持主はないわけになる、しいていえばお化けの持物と云うほかない、お化けのものをもらったって一向にさしつかえあるまい、と理屈をこねた。

――へえ、あんなきたない暗い所から助け出されて観音さまも喜んでるだ。

しかし、僕らは三対一で観音さまを元の化物屋敷に返すことにした。が、このとき、蚊トンボが、いっそのこと村の駐在所の警官のところに持って行ったほうがいいと云い出した。

――女は黙っていてもらいたいね。

と、ヒッポが云った。僕らは化物屋敷探検を秘密にしておくはずであった。だから、警官なんかに出て来られるのは御免こうむりたかった。しかし、蚊トンボはヒッポをにらみつけた。

――じゃ、あたしが行って話してやるわ。あんたたち四人で探検隊なんかつくって出かけて行って、あたしにどなられて腰を抜かしたことも話してやるわ。ソンゴクウのサトウさんが観音さまを持って来たことも……。

──そんなのねえだ、そんなこと云っちゃいけねえだ。

ソンゴクウは目玉をくるくるまわした。ヒッポもちょいと閉口したらしかった。ソンゴクウは、こんなことになったのもチンパンジイが余計なことをしたからだとうらめしそうな顔をした。結局、僕らはみんなで駐在所へ行くことになった。化物屋敷を探検したこと、そこに仏像と壺があったこと、その仏像のひとつを参考に持って来たこと、そんなことを報告するために。池のところで、蚊トンボと分かれた。別れるとき蚊トンボは僕に云った。

──こんどの日曜、スケッチしに行かなくて?

──スケッチ?

──ええ、化物屋敷探検なんてばかなことするもんじゃなくてよ。

蚊トンボは大きな目で僕をにらむまねをした。僕もその目を見た。白目のところが青く見えるぐらい澄んでいた。僕はうっかりして、ちょっとのあいだ目を見つめていたらしい。蚊トンボは急に目をそらすと、

──サトイモ。と云った。

──蚊トンボ。と僕は云った。

──けんかしちゃいけねえだ。

と、ソンゴクウがやって来た。蚊トンボはひらりと身をひるがえすと、うちの方へ踊るよ

うな足取りで走って行った。

僕は思い出した。つぶらひとみの君ゆえに、憂いは青し空よりも、と。そして考えた。こんどオシャカサマに手紙を書くときは「青い花」という詩はないか聞いてみよう、と。

警官出現す

村の駐在所には、五十に近い警官と若い警官とふたりいる。僕らがはいって行ったときは、若い警官がひとり退屈そうな顔をしていた。

――なんだや？

若い警官は僕らを見るとビックリした顔をした。それは無理もない。僕らはまだ棒や木剣を持っていたから。ヒッポが、僕らを代表して探検の結果を説明した。ヒッポが口をもぐもぐさせてつまると、僕らが助け舟を出した。

――へえ、驚いた。

と若い警官が云った。

それから、奥に声をかけるとげたの音がして、ゆかたを着た年寄りの警官が眠そうな顔をして出て来た。

——なんの騒動だや？　昼寝していい夢見てただに惜しいことをした。

若い警官が僕らの話をした。年寄りの警官は鼻の頭なんかかきながら、フンフンと聞いていた。それから、ふたりで例の仏像を縦から見たり横から見たり逆さにして見たりした。そんなによく見るのだから、よくわかるのかと思ったら、ふたりとも、

——こりゃ、観音さまかや？

と、チンパンジイと同じようなことを云っただけなので僕らはがっかりした。

——きっと値打のあるものに決まってるだ。

と、ソンゴクウが云った。

——そんなに軽々しく扱うと罰が当たるだ。へえ、ちゃんと安置するだ。

——こりゃ恐れ入った。

年寄りの警官は、机の上に観音さまをちゃんと安置した。しかし、その間にも、ふたりの警官は何か僕らにわからないことを短い言葉で云いあっていたところからみると、何か思い当たるところがあるらしかった。

——御苦労さま。

と、若い警官が云った。僕らはひどくあっけない気がした。ソンゴクウが云った。

——へえ、もういいだか、もっと聞くことねえだか？

——へえ、もういいだ。もう帰っていいだ。しかし、この話はしばらくだれにも云うでねえだ。わかったな？

僕らはふたりに、化物屋敷を調査するときはぜひ同行させてくれと頼んだ。ふたりは何やらあいまいな顔をして、いいとも悪いとも云わなかった。僕らは駐在所を出た。少し行って振り返ると、若い警官が電話をかけているのが見えた。

——何だかおもしろくなりそうだぜ。

ヒッポはうれしそうな顔をした。

僕らはそのまますぐ解散したくなかった。日はまだ高く、白い街道には暑い日差しが落ちていた。街道わきの高いポプラの木が、その葉を翻していた。泳ぎに行こうか、と僕らが考えたとき、僕は街道を歩いているひとりの男に目をとめた。その男は僕らの先方を、ブラブラ歩いていた。顔は見えなかった。

——おい、と僕はみんなに云った。あの電信柱まで競走しないか？

僕らはたちまち全速力で走り出した。驚いたことに、チンパンジイが一番で、つづいて、ソンゴクウ、ヒッポ、僕の順であった。しかし、正直のところ、僕はびりっこでも何でもよかった。僕らは電信柱まで走りつくと、大きく息をしながら大声で笑ったり話したりした。

僕は歩いて来る男を見た。

僕らはまた逆戻りして歩き出した。男とすれちがうと、僕はヒッポに云った。

——あいつだ。

僕らはゆっくり歩きながら考えた。その男が化物屋敷に関係があるかどうか、それはわからない。しかし、ともかく怪しいやつに違いなかった。そこで僕とソンゴクウがその男のあとをつけ、ヒッポとチンパンジイが駐在所に報告することになった。

僕らは男のあとから、ゆっくり歩いて行った。隣町に向かって。しかし、僕らはがっかりした。化物屋敷へ行く道を曲がらずに、男は真直ぐ歩いて行ったから。

——へえ、ありゃ、化物屋敷に関係ねえだ。

と、ソンゴクウはつまらなさそうな顔をした。僕も大いに面目を失った気になった。男はゆっくり歩いて、とうとう隣町へはいる橋を渡ってしまった。

——ばかばかしいだ、へえ、やめたほうがいいだ。

が、そのとき向こうの方から自転車に乗った隣町の警官がやって来た。警官は男をちょいと見て、僕らのところまで来ると、

——あの男かや?

と、たずねた。僕らはなぜともなくうなずいた。警官はくるりと方向転換するとその男の方に走って行った。男はそのとき、ちょっと振り返った。と思うと駆け出した。それを見る

と、僕らも駆け出した。警官の自転車はたちまち男に追いついた。自転車からとび降りた警官が、男を捕らえた。そこへ、若い警官と自転車にふたり乗りしたヒッポとチンパンジイがやって来た。僕の自転車だ。

——大事件だから、とヒッポは口をもぐもぐさせた。おばさんに断って自転車を借りたぜ。

僕らはもっとおもしろくなるかと思っていた。が、化物屋敷の一軒はあっけなくかたづいてしまった。

なんでも、N市を中心に東京の方まで手を伸ばしている骨董品専門の泥棒の一味があって、例の男もその片割れで化物屋敷を利用していたものらしい。

新聞にその記事が出た。「四人の中学生の大活躍」なんて出て、僕らは少しばかり面くらった。また警察から「金一封」というのももらった。それを僕らは村の図書館に寄付した。

この記事の切抜きをオシャカサマに送ると、オシャカサマは、そんなことは子どものやることで、木剣や棒を持って化物屋敷探検に行ったとは情けない話だ、と云って寄越した。せっかく、自分の教育のおかげで君が詩人になったと喜んでいたのに、残念至極だと書いてあった。

この手紙をヒッポやソンゴクウに見せたら、ふたりとも猛烈に怒った。

——そのオシャカサマというやつは、見つけしだいたたきのめしてやるだ。

と、ソンゴクウは云った。東京が遠く離れているのはオシャカサマにとって幸いだというべきだろう。しかし、オシャカサマとソンゴクウでは、「西遊記」にも出て来るがオシャカサマの方がはるかに神通力があるから、たたきのめすわけにも行かないかもしれない。

また、僕はおじにもしかられた。フラフラそんな探検にくっついて歩くとはけしからん、と云った。万一けがでもしたら、僕の父に申し訳が立たん、それは心に落ちつきがないからだから、みっしり謡曲でもやって気持をねらなきゃいかん、と云われて僕はびっくり仰天した。

バスと自転車

——へえ、またどこか探検に行かず?

ソンゴクウはよくそう云う。

しかし、狭い村にはもう探検するような場所はなかった。ソンゴクウは新聞の切抜きをたたんでちゃんと胸のポケットに入れている。そして、ときどき取り出してはながめて、

——へえ、大活躍しただな。

と云う。しかし、僕にはもう化物屋敷探検は興味がなかった。夕方、青い自転車を走らせ

たり、散歩したりする方がずっとよかった。

——なぜなのか？

僕にもよくわからなかった。夕方散歩するなんていままであまりやったことがない。しかし、夕方の散歩はよかった。ただ、池が遠いのが残念に思えた。遠くなければ、多分僕は池のほとりを散歩するだろう。池のほとりの桜の木はすっかり葉を茂らせて、池に影を映しているだろう。そして、僕は池のほとりを歩きながら、青い花を探すだろう。

——青い花。

オシャカサマが「青い花」という詩を知らないとは意外であった。オシャカサマは「青い花」について僕が問い合わせたのに対して、便箋二枚にわたって知らない理由を書いて来たが、よく読むとあいにく知らないから知らないというだけのことなので僕はあきれてしまった。オシャカサマは小説家になるつもりらしいから、何でもないことでも、ややこしく意味あり気に書く練習をしているのだろう。もっとも、見つかりしだい書き送るとあったから、そのうちまた青い手紙が来るかもしれない。

ある日、学校でヒッポが云った。

——あさって、スケッチに行けるだろう？

——うん。

あさっては日曜日であった。最初、蚊トンボがスケッチしに行かないかと云ってから、もう二週間近くたっていた。というのは、おじにしかられて僕は一週間の謹慎を命ぜられたために、日曜の外出ができなかったのである。

——スケッチなんてばかばかしいな。

と、ヒッポが云った。ヒッポはどういうものか絵がへただ。いつだったか、学校で僕らは剝製のあひるをモデルに絵をかいたことがあるが、そのときヒッポのかいたあひるはたぬきとオットセイのあいの子みたいでみんなあきれてしまった。しかも、逆さにしてみた方があひるらしく見えたから驚くほかない。

僕らは学校の帰り、町の文房具店でスケッチ・ブックと鉛筆を買った。

——君の姉さんはうまいのかい?

——うまいつもりなのさ、とヒッポは云った。何でもそうだぞ。歌だって……。

こんな話を聞いたら、きっと蚊トンボはヒッポの腕をねぢり上げるだろう。

——君はねえさんがいていいね。

ヒッポは妙な顔をした。僕らはゆっくり自転車を走らせていた。

——君はおとうさんがいるからいいよ。

僕たちはちょっと黙って自転車を走らせた。

――ひとりっ子ってつまんないか？

ヒッポが聞いた。そのとき町から村へ向かうバスが僕らを追い越した。バスの窓から蚊トンボが顔を出して手を振っていた。そして、僕らが気づいたのを見ると突然、こわい顔をしてヒッポをにらんだ。

――あっ、とヒッポが叫んだ。きょうは駅で待ってて乗っけて帰る筈だっけ。

僕らはスピイドを増してバスを追いかけた。僕はヒッポのボロ自転車に調子を合わせて走ったから、バスにはなかなか追いつけなかった。

――止そうや。

ヒッポはほっぺたをふくらませて、スピイドを落した。バスはたちまち遠くなった。蚊トンボの顔も遠くなった。遠い山の上に、青い空があった。

第五話

スケッチ会

日曜日、僕が出かけようとすると、おじは、うさん臭そうに僕を見た。

——絵をかきに行くなんて云って、また、つまらんことを、やるんじゃあるまいな。

僕は、だいじょうぶだと保証した。

——お前がひとりでだいじょうぶだと云っても、そりゃあてにならん。お前のおやじも子どものころはおっちょこちょいで困った。そうだ、あれはいつごろのことだったかな……。お前のおやじは……。

——そんな話はいつだってできるでしょう？　とおばが云った。タケシだって早く出かけたいんですよ。

——わかっとる、とおじはむずかしい顔をした。お前は黙っていなさい。女はおしゃべりだから困る。

――おしゃべりなのはあなたですよ。

僕はヒッポや蚊トンボと待ちあわせているから気が気でない。おじがおばと話しあっているすきに、行って来ます、とすばやく自転車で飛び出した。これこれと、おじが呼びとめたような気がするけれど、とてもそんなお相手はしていられない。

ヒッポの家に行くと、きょうだいはもう庭に出て待っていた。僕は乗って来た自転車をヒッポの家にあずけると、出発することにした。目的地はサクラ清水である。ヒッポの家から一里ばかり登った山の中腹に、清水のわいているところがあって、サクラ清水と名前がついている。

僕らは絵の道具のほかに、弁当を持って出発した。僕とヒッポはむぎわら帽子をかぶっていた。が、蚊トンボは肩から画板をつるして、ベレエ帽なんかかぶっていた。かっこうだけ見ると、なんだか絵がうまそうである。

――ベレエかぶったって、別に絵がうまくなるわけでもないさ。

と、ヒッポが低い声で僕に云った。幸いなことに蚊トンボには聞えなかったらしい。ひどく楽しそうな顔をして、鼻歌なんか歌いながら歩いていた。が、突然悲鳴をあげて飛び上がった。右手の草むらから左手の草むらへと、一匹の青大将が道を横切って行くところであった。

——なあんだ、へびじゃないか。

と、ヒッポが云った。そして、蚊トンボはへびが大きらいなのだと僕に教えてくれた。それから、へびのカバヤキはうまいとか、へびの皮をはいでお刺身にして食べるとうまいとか云った。蚊トンボはしばらく黙っていた。が、急にヒッポの足元をさすと、

——ほら、ねずみの死んだのよ。

と叫んだ。僕はびっくりした。太ったヒッポがゴムマリのようにぴょんとはずんだから。蚊トンボはうれしそうに笑った。僕は、しかしどうも妙な気がしてならなかった。勇ましい蚊トンボがへびをこわがるし、いつも強そうな顔をしているヒッポが、ねずみの死んだやつと聞いて飛び上がるのだから。もっとも僕だってへびやねずみは大きらいだけれども。

僕らは夏草の茂った道を歩いて行った。道は日に照らされて暑かった。登るにつれて、少しずつながめがひらけて来る。

——あ、汽車よ。

と、蚊トンボが云った。遠くの山裾を、左から右に汽車が動いていた。汽車はひどく小さく見えた。

——東京に行きたいな。

蚊トンボが云った。

僕らは汗を一杯かいて、やっとサクラ清水にたどりついた。四角く石を畳んだ清水を見ると、僕らは歓声をあげて走り出した。それから、顔や手を洗い、冷たい水を思う存分飲んだ。清水の三方には大きな杉の木が何本も立っていて、僕らのいる広さ十米四方ばかりの台地に、ひんやりした陰をつくっていた。涼しい風が流れて、僕らの汗はたちまちかわいてしまった。

僕らは台地の端に立って、パノラマのようにひろがる景色をながめた。僕らが毎朝通る街道。街道と平行して流れる川、川の先や水田や畑。その先は山が連なっていた。そして山にかこまれた平地のあちこちに、僕らの村だとか、隣町だとか幾つかの部落が点在していた。

——高いところからの、ながめはいいわね。

と蚊トンボが云った。

——あたし、東京にいたころは、デパアトの屋上から見物するの好きだったわ。

——ちぇっ、あんなこと云ってらあ、デパアトの食堂が好きだったくせに。

ヒッポが口を出すと、蚊トンボはキュッとくちびるを結んでヒッポをにらみつけた。ヒッポはあわてて二、三歩後退すると、清水の近くに走って行った。

——さあ、弁当を食おうよ。

——だめよ、と蚊トンボがたしなめた。一枚スケッチしてからよ。

——ねえさんみたいのは、いまにかかあ天下になるんだぜ。

蚊トンボのタカコさんは大きな目をさらに大きくすると、ヒッポをつかまえようとした。ヒッポはすばやく清水の上の方へ逃げた。はてな、僕の母もかかあ天下の組だろうか？と、考えている僕に蚊トンボが云った。

——さあ、そろそろスケッチに取りかからなくちゃ。

蚊トンボは台地の端の方に腰をおろすと、画板をひざにのせ、さっそく鉛筆を動かし出した。僕はいいことを思いついた。蚊トンボから五米ほど離れた石をすわると、スケッチ・ブックをひろげ、景色をかいているような顔をしながら蚊トンボをスケッチすることにした。ヒッポはのぞきこんでニヤニヤすると、

——僕もそうしよう。

と云って僕の隣にすわりこんだ。

しかし、僕らはふたりともうまく行かなかった。公平に見て、僕の方がまだよしと云ってよかった。が、ヒッポに至っては、豚がすわりこんでいるような絵をかいて、自分で大声で笑い出した。

——なに笑ってんの？

蚊トンボが僕らを振り向いた。ヒッポは急いで答えた。

――どうもうまく行かないんで、われながらおかしいんだ。

――へたなのはわかってるから安心して描いたらいいわ。

――ようし。

ヒッポは新しい紙に、大きく、妙なものをかいた。針金細工のお化けみたいだ。

――なんだい、それ？

――蚊トンボさ。

蚊トンボの絵をのぞいてみると、山ばかりでほかに何もなかった。蚊トンボはバタンと画板を石の上におくと立ち上がった。そして、あんまり広い景色はかきにくいと白状した。僕らはそこで弁当を食べることにした。申しあわせたから、みんな握り飯だった。食べながら、蚊トンボは僕らの絵を見たがった。僕のを見ると、蚊トンボは口をとがらせて僕をにらみつけた。しかし、ヒッポの絵を見ると、蚊トンボは不思議そうな顔をした。

――なあに、これ？

――アブストラクトってやつだよ、このごろはやってるんだぜ。

――生意気云ってるわね。でも、これだとへたもじょうずも分からないわね。

食事がすむと、僕らは清水の少しの上の方まで腹ごなしに歩いてみた。道の左手に小さながけがあって、がけの上の方に白いゆりが咲いていていた。

——きれいね。でも、とれないわ。

蚊トンボが云った。そのとき、ヒッポはずっと先の方に行ってしまっていた。僕はがけを見上げた。うまく行けばとれぬこともない。僕が、がけに手をかけると、蚊トンボが手を押さえた。

——あぶないわ、おやめなさい。

理由は知らない。しかし、そのとき僕は決心した。どうしてもゆりをとってやろう、と。がけには岩が突き出したところや、草の茂ったところがあって、登るのにそうむずかしくはなかった。が、ゆりまでもう一米ばかりというところで僕はてがかりを失った。下から見るとそうでもなかったが、よじ登ってみるとがけが頭の上にかぶさるようなかっこうに突き出していて、その辺の草が僕の体重をささえてくれるかどうか自信がなかった。

——もうおやめなさい。

と、蚊トンボが云った。

僕は足場をさがしながら、少しずつからだを上げて行った。そして、どうやら僕の体重をささえきれそうな草の株をつかまえると、右手を少しずつ伸ばしてようやくゆりをとらえた。とらえたのはいい。が、ゆりは容易に手折れなかった。僕は少し力を込めて引っ張ってみた。同時にしまった、と思った。草の株がずるずると抜けた。蚊トンボの悲鳴が聞えた。僕は逆さまに落ちて行った。

――だいじょうぶかい。

気がつくと、蚊トンボとヒッポが僕の顔をのぞきこんでいた。

――だいじょうぶさ。

僕は起き上がろうとした。が、驚いたことに起き上がれなかった。からだじゅうがひどく痛かった。

――一分ばかり気絶したんだぜ。

と、ヒッポが心配そうな顔をした。それから、ヒッポはそうっと僕の背後から僕のからだをかかえた。

――痛い。

――弱ったな。しかしちょっとがまんしてくれ。ここじゃだめだ。

蚊トンボが僕の足を持った。僕は右手を見た。ゆりをちゃんと握っているのには、われながらちょいと感心した。

けっきょくもうスケッチどころではなかった。僕は清水のそばの石の上に寝かされた。石は冷たくて気持がよかった。僕の頭の上には杉が枝を幾重にも伸ばしていた。ヒッポは蚊トンボと相談すると、僕のおじの家に知らせに行くことになった。

——ちょっと待ってくれ。

と、僕は云った。おじに知られるのはまずかった。何しろ、出がけにあんなことを云われたところだから、僕としては面目丸つぶれになってしまう。

——もう少しするとなおるよ。

しかし、ヒッポはどんどん走って山を降りて行った。僕は呼びとめようと半身を起こしかけ、やはりおじに知らせてもらうほかないと観念せざるを得なかった。そんなはずはない、と思うのにどうしても起き上がれなかったから。

蚊トンボは汗をふくために持って来たタオルを、水に浸して僕のひたいにのせてくれた。百合は清水につけてあるのが横目で見えた。

——ごめんなさい。

蚊トンボが云った。なぜあやまるのか最初、僕にはわからなかった。

――あたしが、とれないなんて云ったから……。

僕は黙っていた。

――あたし、どうしたらいいかしら？

――僕がとりたかったんだよ。

と、僕は云った。

――僕はゆりが好きなんだ。

しかし、正直のところ、僕はゆりを好きだともきらいだとも思ったことはなかった。涼しい風が吹いて、僕は眠くなって来た。蚊トンボが僕の手をとった。

――大丈夫？　どうしたの？

――眠くなっちゃった。

蚊トンボはちょっと安心したらしく笑った。僕もなぜか安心した。「青い花」と僕は考えた。オシャカサマは、いつ「青い花」の詩を送ってくれるだろう。ゆりの花――蚊トンボはゆりが好きなのだろうか？　蚊トンボはまだ僕の手を握っていた。僕は安心して眠りに落ちた。

名誉の負傷

どのくらいたったかわからないが、僕は人声に目をさました。おじの家で使っている男がふたり、僕の近くに立って蚊トンボやヒッポと話していた。

——水が飲みたいな。

と僕が声をかけると、四人ともびっくりして僕の方を見た。ところが、あいにくなことにコップがない。ヒッポと蚊トンボが手のひらに水を受けたやつを、僕の口まで運んで来てくれた。その水は極くわずかで、しかもうまく口にはいらないから、ふたりはなんべんも清水と僕の間を往復して気の毒な気がした。が、その水はとてもうまかった。

——だいじょうぶだに元気を出すだ。

と、男のひとり——ゲンという方が云った。

——痛むだかい？

と、もうひとり——ハヤという方が云った。

僕は気になっていることを聞いてみた。

——おじさん、おこってたかい？

——へえ、おったまげただぞ。また、冒険でもやらかしたにちげえねえって、えらく、心配してただぞ。

——おこってなかったかい？

——へえ、おこっちゃいねえだ。でもまた謡曲をならえって云われるだ。

ふたりの男は笑った。

それから村の小学校から担架を借りて来たから、それで運ぶのだと言って、僕を担架にのせた。

——このまま、うちまで行くのかい？　はずかしいよ。

——あいにく、ヘリコプタアはねえだからな。

とゲンが云った。

僕はふたりの男が持つ担架に乗って山をくだって行った。

——一等寝台とはいかねえだが、二等寝台ぐらい具合はいいずら？

とゲンが云った。

ヒッポが僕の荷物を持ち、蚊トンボは僕のそばについて、むぎわら帽子で僕の顔に日の当たらぬようにしてくれた。僕がことわってもきかなかった。ゆりの花は、僕の足元の方の担架の上にのせてあった。

——山にくりゃ、とハヤが云った。ゆりなんちゅうものはどこにでもたくさんあるだ。がけをよぢ登ることはねえだ。

——そんなこと知ってるよ。

と、僕は云った。もっとも、僕らが見たのはがけのゆりしかなかったけれども。

そして僕がとりたかったのも、がけのゆりである。

池のところで、ヒッポと蚊トンボは自分の家に荷物を置きに行った。僕のとったゆりも。それから、ヒッポは僕の自転車に乗って、ゆっくりついて来た。村にはいると、道を歩いている人が驚いて見るので、僕は恥ずかしくて困った。顔にむぎわら帽子をのせていると、村の人と、ゲンやハヤとの話が聞こえた。

——へえ、いったいどうしただ？

——名誉の負傷しただ。

おじの家につくと、もう寝床がとってあって、僕はさっそくそこへ寝かされた。おじはむずかしい顔をして、だから云わんこっちゃない、と云った。僕は首をちぢめた。すると首が痛かった。

しかし、おじは別に小言は云わなかった。ただ父に電報を打っておいたと云った。

——もっとひどいもんかと思ったんでな。しかし、お前のおやじものんきなやつだから、子どもがけがするぐらい当たり前と思っとるかもしれん。お前のおやじも昔はよくけがをしたもんだ。

——どうしてけがをしたんですか？

ヒッポが聞いた。

——木から落ちたり、屋根から落ちたり、一度はムササビだと云って、木から木へ飛び移ろうとして落っこった。

蚊トンボがくすくす笑った。

おじは、僕が割合元気なので安心したらしい。ヒッポと蚊トンボに、絵なんかかくよりは謡曲でも始めるがよいとすすめてふたりを面くらわせた。ふたりとも、あっけにとられていた。

医者が来た。やぎひげをはやした老人でおじのうたいの仲間である。一週間も寝ていればよろしかろう、と云った。これを聞くとヒッポも蚊トンボも安心したらしい顔をして帰って行った。しかし、ヒッポと蚊トンボは、毎日僕の見舞いに来てくれた。ソンゴクウとチンパンジイも来てくれた。

父来たる

二日目に父がやって来た。

——どうだい、たいしたことはないな。おじさんは大げさだから電報なんて打ってよこしたんだよ。

——また、N市にごちそうを食べに行きたいな。

と、僕が云うとおじがさえぎった。

——ばか云っちゃいかん。当分寝てなくちゃいかん。

父はおもしろそうに笑っていた。それから、少しばかりまじめな顔をして、いまおじと話してみたら、ヒッポと蚊トンボのおかあさんは父が知っている人だとわかったと云って僕を驚かせた。

——どうして知ってるの？

聞いてみると、きょうだいのなくなったおとうさんと父は友人だったと云う。おじと世間話をしているうちにそれがわかって、父も驚いたらしかった。もっとも、父はヒッポや蚊トンボのおかあさんには会ったことがないと云った。

――学生時代、よくいっしょに遊んだ相棒だ。あれが医者になってからはほとんど会わなくなったが。

――じゃ、こないだは知らないで、昔の友だちの子どもにごちそうしたわけだな。よかったね。

――そうだな。しかし何だか妙な気がするよ。一度、お前の友だちの家に行ってそのおかあさんに会ってみよう。おとうさんの友人の話でも聞けるかもしれない。

そこへ、蚊トンボとヒッポが見舞いにやって来た。ふたりとも、父がいるのを見てびっくりした顔をした。が、すぐうれしそうに笑って、先だってのごちそうの礼や、ルノワアルの絵をもらった礼を云った。父は笑いながら、ヒッポと蚊トンボをながめていたが、ヒッポに云った。

――なるほど、君はおやじによく似ている。

ヒッポは面食らって、父の顔を見て口をもぐもぐさせた。きょうだいのおとうさんが父と友人だったとわかると、ふたりともしばらくは口がきけずにじっと父を見つめていた。

――こないだ、N市で会った時、もう少しくわしく話を聞けばわかったかもしれないね。

と、父は云った。

――どうだろう? あんた方のおうちに案内していただけるかな? おかあさんにちょっ

と御目にかかりたいんだが……。

僕は残念で仕方がなかった。

僕もいっしょに行きたいのだが動けないからやむを得ない。ヒッポと蚊トンボは急いで立ち上がると、僕に目くばせして出て行った。父も出て行こうとして振り返った。

——いったい、どうしてけがしたんだ？　おじさんの話じゃ花をとろうとしたとか云うが、そうかな？

——うん、がけの上のゆりをとろうと思ったんだよ。

——なぜだい？

僕は笑った。うまく云えなかったから。父はそのまま出て行ってしまった。僕は考えた。僕の手折ったゆりは蚊トンボの家の花びんにさしてあるだろうか、と。僕はきょうだいと父が何か話しながら遠ざかって行く足音を聞いていた。

妙に寂しかった。

しかし、まもなくソンゴクウがやって来て、学校の先生の手まね、口まねをして僕を笑わせた。

——へえ、花をとろうとしてがけから落っこったって新聞には出ねえだ。ばかなことをしただ。

と、ソンゴクウは云った。そして胸のポケットから新聞の切り抜きを出すと、

——どうせやるなら、大活躍するだ。

と云った。

切り抜きはもうボロボロになりかけていた。しかし、あとでオシャカサマに知らせたら、オシャカサマの考え方は、ソンゴクウとはまったく逆なのでおかしかった。

オシャカサマは、蚊トンボにゆりをとってやろうとしてけがしたとは、昔の騎士道の精神に相通ずるものがある、とほめていた。僕には騎士道の精神とはよくわからないが、読んでみるとほめたとしか思えない。

東京への夢

父は夕方に帰って来た。帰って来ると僕のところに顔を出した。

——もうすぐ夏休みだな。

——ええ。

——休みになったら、おかあさんのところへ行ってみるか?

——むろん、行くよ。それから、東京にも帰ってみたいな。

父は黙って笑っていた。それから、こう云った。

——お前ひとりじゃ、またけがでもするといかん。ヨシダ君きょうだいについて来てもらうか？

——ほんと？　そいつはすばらしいや。

——まあ、せいぜい早くよくなるんだな。

父は翌日の朝、帰ってしまった。

午後、ヒッポと蚊トンボがやって来た。

ふたりの話しを聞くと、きょうだいのおかあさんは父がたずねたら、涙を流して喜んだと云う。ヒッポも蚊トンボも、父がふたりのおとうさんの友だちだったということで、よけい、父に親しみを覚えたらしかった。

——おかあさんが泣くんで、恥ずかしかったぜ。

と、ヒッポは云った。

僕はふたりに、夏休みに東京にいっしょに行かないかと持ちかけた。父が云いだしたのだから、心配はいらないと説明した。ふたりとも、ひどく喜んだ。

——早く夏休みにならないかな。

とヒッポは云った。

僕らは東京に行ってからのことを、あれこれ話しあって至極楽しかった。オシャカサマやハンペンに会って、ヒッポを紹介しなければならない。映画にも、野球にも、美術館にもデパアトにも——行くところがありすぎて困るほどある。

——アキヤマさんのおとうさん、すてきね、と蚊トンボが云った。おとうさんがいらっしゃると、きっといい話があるのね。

僕は何と答えていいのかわからないから黙っていた。しかし、悪い気はしなかった。まだ夏休みにはならない。が、僕らはもうあしたからでも休みのような錯覚を覚えて話しあった。帰るとき、蚊トンボは云った。

——ゆりの花、よく咲いててよ、いいにおいをさせて……。

すると妙なことに、僕の鼻にもゆりのにおいがただよって来る気がした。

第六話

野球試合

やぎひげの医者は一週間ほど寝ているとよろしいと云った。が、僕は五日目には起きて学校に行った。自転車に乗るのはやめた方がいいと云うので、バスで行ったのである。何しろ、学期末の試験が始まるから、寝てもいられない。少し、ふらふらしたけれどたいしたことはなかった。

学校に行くと、その日、放課後僕らのA組とB組との野球の試合があった。僕はA組のチイムの補欠になっている。が、からだを痛めたあとなので応援団に加わった。A組とB組の勝者が、C組とD組の勝者と戦い、それが二年代表として一年代表、三年代表と優勝を争う。毎年の行事らしかった。この行事がすむと試験があって、夏休みになる。

試験が始まるから寝てもいられない、と云ったが、実はそれはおじやおばへの口実で、正直のところ、僕は野球の試合が気になっていたのである。

僕らの応援団長はサトウのソンゴクウであった。ソンゴクウはどこから持って来たのか、古ぼけた紋つきの羽織をシャツの上に着て、鉢巻をしめて、墨でひげまで書いていた。ところが、アンパイアの体操の先生に、

——顔を洗って来い。そのはおりはなんだ？

としかられて、大いに不満らしい顔をした。

——へえ、応援団長だに、とソンゴクウは口をとがらせた。応援団長は団長らしくするだ。

——つべこべ云うな。中学生は中学生らしくしろ。

これを見ていたB組の連中が、ワァとはやし立てた。ソンゴクウは急いで顔を洗いに行った。が、戻って来たときはパンツ一枚のはだかになっていたのには、みんなびっくりした。この裸の応援団長の指揮のもとに、僕らは拍手したり、大声でどなったり、肩を組んだりした。B組の投手はヒッポである。ヒッポは、一球投げるごとにほっぺたをふくらませた。しかし、ヒッポ投手のできがいいので、A組チイムはなかなか打てない。おまけにヒッポはランナアをふたりおいて、五回にホオムランを打ったから、三対〇になってしまった。

ところが、このホオムランのおかげで試合が一時中段された。というのは、ヒッポのホオムランは運動場の柵を越えて外の往来に飛び出したのであるが、たまたま、往来を歩いてひ

とりのじいさんの頭に命中したのである。ねらったって当たるものではないから、全く運が悪いと云うほかはないが、このじいさんがカンカンに立腹した。

最初、僕らはへんなじいさんがボオルを探しに行った生徒の肩をこづきながら運動場へはいって来たとき、わけが分らなかった。

——タイム。

と、アンパイアの体操の先生は宣告した。それから生徒のひとりに、あぶないからじいさんをどけるようにと云った。が、その生徒がじいさんのところに行きつく前に、じいさんはボオルを片手で高く示しながらどなった。

——ばか者め。なんで、おいらの頭にマリを打つけただ。だれだ？　ばか者め。

一同、ちょいとあっけにとられてシンとした。が、ボオルがじいさんの頭に命中したとわかると、みんな、じいさんには失礼ながら笑い出してしまった。笑ったのがいけなかったのだろう、じいさんはますます腹を立てた。腹を立てて、着ていたゆかたの片はだを脱ぐと、

——なに笑ってるだ？　このがきめら。

と、どなった。がきめら、には僕も驚いた。

体操の先生が、じいさんのところに行った。先生が何も云わぬ先に、じいさんがどなった。

——おまえか、このマリを打つけさしたのは？

——いや、わざわざ打つけたんじゃありません、野球をやってまして……。

——なあに、オキュウ？

僕らは笑い出さざるを得なかった。体操の先生はおこった顔で僕らの方をにらみつけた。それから、こんどは笑顔でじいさんに何べんもおじぎをした。何しろ、じいさんは野球なんて全然御承知ないらしいから、説明したところで分るはずはない。わざと打つけたと頭から信じ込んでいるから始末が悪かった。

そのうち、じいさんもやたらにおじぎをしている相手が学校の先生だとやっとわかったらしかった。

——いまどきの先生は、とじいさんが云った。子どもらに老人をばかにしろと教えてるだか？

——いいえ、とんでもありません。

結局、じいさんはざっと二十分あまり運動場の真ん中に陣取って試合の進行をさまたげた。ヒッポも責任を感じて、体操の先生の隣でやたらにおじぎをした。ふとったヒッポがやせた小柄なじいさんの前で小さくなっているのは、見ていて滑稽だったけれど、うっかり笑ったら試合の再開が遅れるばかりである。僕らがなんてものわかりの悪い老人だろうと、少し腹が立って来たころ、じいさんはようやく不承不承引き上げて行った。たま拾いの生徒が、

——ボオル、返してくれないだか？　と云ったところ、じいさんは、一言、ばか者め、といってボオルを持ったまま出て行ってしまった。

——封建時代の遺物。

と、じいさんが外へ出たとき、ソンゴクウがどなった。体操の先生は、あわててソンゴクウをにらみつけた。

試合が再開されたが、結局、六対二で僕らのA組は負けてしまった。ソンゴクウはアンパイアの体操の先生が、はおりを脱げといったり顔を洗えと云ったりしたため十分な応援ができなかったせいだと不満をもらした。

——へえ、おもしろくねえだ。から井戸に身投げしておぼれ死んだ方がいいだ。

と、ソンゴクウは妙なことを云った。

訪問客

ところが、その日帰宅して僕はびっくりぎょうてんした。封建時代の遺物のじいさんが、客間にちょこんとすわっておじと話していたから。最初、僕は例のじいさんとは気がつかなかった。どこかで見たような人だとは思ったけれど、まさか、ボオルを持ち逃げした犯人とは思わなかった。しかし、おばがくすくす笑って僕に小声で、あの老人は来るなり頭にマリが打つかったたってカンカンにおこっていたと云ったので、僕は驚いたのである。

——あれ、だれなの?

おばの説明を聞いて、僕はちょいとがっかりしないわけには行かなかった。あの話のわからないじいさんは、僕の父やおじの父——つまり祖父の妹のだんなさんだとわかったから。

——大日本は神国じゃ。神国で、アメリカなんぞのオキュウやらせるのが間違いのもとだ。

と、じいさんは大声でまだそんなことを云った。

おばの話だと、じいさんは五里ばかり離れた村に住んでいるそうである。戦争中は、大日本は神国だから負けるはずはないとがんばっていた。それが負けたので何やらひどくいこじになったものらしい。乗り物がきらいで、五里の道をてくてく歩いて来ると言う。その途中ヒッポのホオムランが頭に命中したわけである。

——アキヤマ君。

と、そのヒッポがやって来たから、僕は大いにあわてた。そこで、急いでヒッポを僕の部屋に呼び入れると、ヒッポにじいさんの話をした。

——ほんとかい?

と、ヒッポはいつものえらそうな顔を忘れて、首をすくめると客間の方を振り向いた。それから、

——もう帰るよ。

と腰を浮かした。しかし、そうなると、僕も心細い気がしたから、極力ヒッポを引きとめた。そのとき、おばが来て、ちょっとじいさんにあいさつしろと云ったのには閉口した。しかたがないから出て行くと、じいさんは、

——ふん。

と云って、僕の顔を見た。野球の話が出るかとひやひやしていたが、そんな話はせずに、兄弟は何人かとたずねた。

——ひとりです。

——なに？　ひとりじゃと、とこわい顔をした。おまえのおやじは何しとるだ、産めよ、ふやせよ、って知らんのか？

そんなことを僕に云ったって仕方がない。僕は長居は無用と思ったから、友だちがきていると云って、さっさと退散することにした。すると、じいさんが大声で云った。

——これっ、おまえもオキュウをやるんか？

——オキュウなんてやりません。

——よし、気に入った、とじいさんは初めてきげんのいい顔になった。これをくれてやる。

そして、ボオルを僕にくれた。せっかく早いところ退散してきたのに、ヒッポはやはり早く帰ってしまった。その晩、じいさんはおじの家に泊まった。このじいさんで、ただひとつ、僕が感心したのは、おじが謳いを聞かせようとしたところ、じいさんがこう云ったことである。

——おまえはまだへたの横好きがなおらんのかい？　眠くなるばかりでいっこうにおもしろくないぞ。

そして、八時ごろには寝てしまった。翌朝、僕が目をさましたときには、もうじいさんはいなかった。五里の道を歩いて帰って行ったのである。なぜ、じいさんはおじの家にやってきたのか？　あとでおばから理由を聞いて僕は面くらった。じいさんは僕を見にやってきたのである。僕がおじの家にきていると聞いて、もう長いこと生きているからだでもないから、生きているうちに一度タケシを見ておきたい、というわけできたものらしい。そのため頭にヒッポのホオムランが打つかったとはお気の毒だが、妙なめぐり合わせと云うほかない。

——あのじいさんはおまえのおやじが気に入っていてな、とおじが云った。あのじいさんに小づかいをもらったのは親類中でおまえのおやじぐらいのものだった。

——いくらもらったの？

――たしか十銭だった。もっとも、それも一度だけの話だが。

これはあとから父に聞いた話だが、あのじいさんは小学生だった父が遊びに行ったとき、

――男は酒ぐらい飲めんといかん。

と無茶なことを云って、小学生の父にお酒を飲ませたそうである。父がお酒をよく飲むようになったのは、じいさんのせいかもしれない。

野球大会は、結局三年A組のチイムが優勝した。ヒッポ投手のいる二年B組チイムは二年代表となって三年代表と決勝戦をやった。そのときは全校生徒が見物したし、町の人も見にやってきた。このときもヒッポはホオムランを一本打って活躍したけれど、三対一で負けてしまった。ヒッポがホオムランを打ったとき、見物にきていた街の男たちは、こんなことを云っていた。

――あのデブ公は、馬力があるだ。

――へえ、五馬力ぐらいあるだ。

――あのデブ公ずら、泥棒退治をやったのは？　新聞に出たことあっただぞ。

――そうそう、あのデブ公だに、あのデブ公ひとりで五人気絶させたとか云うだ。

すると、僕のそばにいたソンゴクウががまんできなくなったらしい。エヘンとせきばらいして、おやじ連中に云った。

――へえ、でたらめ云うもんでねえだ。これをよく見るがいいだ。

そして、新聞の切り抜きをみんなに見せた。

おやじ連中はポカンとした。それからボロボロの切り抜きを見た。これが自分だ、と、ソンゴクウは新聞の写真をさし、次に自分の鼻を押さえた。が、おやじ連中はちっとも感心しなかった。いい加減な相づちを打って、相変わらず、あのデブ公は、とヒッポの話をしていた。ソンゴクウは腹を立てた。

――へえ、デブ公、デブ公ってなれなれしく云うでねえだ、あれはヨシダ・イチロオって言う名まえがあるだぞ。

ところが、連中はヨシダのデブ公がなんて言い出して、すっかりソンゴクウをがっかりさせた。

夕食会

野球大会が終わると、すぐ試験が始まった。僕は試験というやつが大きらいだ。と云っても、受けぬわけには行かないから、ますますいやになる。試験期間中、ヒッポといっしょに勉強した。交代にヒッポの家に行ったり、僕のところにきたりして。しかし、うっかりすると東京行の話になって、肝腎の勉強はそっちのけにすることが多かった。

——東京に行ったら、とヒッポは云った。前のおれのうちを教えてやるよ。

——病院かい？

——病院って云うほど大きくないけど白い建物だよ。吉田医院って書いた看板がかかってたけど……。

——いま、どうなってるんだい？

——よくわかんないな、何でもやっぱりお医者さんが買ったそうだけど。あのころはおれもずいぶん小さかったからな。

試験になると、猛烈に遊びたくなるのは不思議なことだと思う。が、試験が終ってみると、特に遊びたい気もしないから妙なものである。試験の終った日、ヒッポのところで僕を夕食に招待してくれた。僕は断ったけれど、強引に承知させられてしまった。

僕が行ったとき、ヒッポのおかあさんは笑って言った。

——今夜のごちそうは、あたしに責任はないんですよ、タカコの手料理ですから。

——食べてびっくりっていうやつさ、とヒッポが云った。こないだは塩と間違えて砂糖を入れたもんだから、へんなライスカレエができちゃって……。

——聞えたわよ、おしゃべり。

と、蚊トンボが包丁を持ったままとび出して来たので、僕らはびっくりした。

――塩と砂糖を入れかえておいたの、だれ？　かってなこと云うと承知しないわよ。

蚊トンボのタカコさんは大きな目でヒッポをにらみつけた。が、このとき、ふたりのおかあさんが、なんだか焦げ臭いよ、と注意したので蚊トンボはあわてて台所に引っ込んだ。

その日のおもなごちそうは、蚊トンボの説明によるとボルシチイというロシア料理であった。どんなものが出てくるのかと思ったら、トマトやキャベツやジャガイモや肉をいっしょに塩味で煮込んだスウプであった。

――ロシア料理なんておどかすなよ、とヒッポが云った。これならおれにでもできるぜ。

そう云いながらも、ヒッポはものすごい食欲を発揮した。その料理なら、僕も東京にいたとき父といっしょに食べた気がしたが、蚊トンボのつくったやつは気のせいかもっとうまい気がした。

――どう？

――うん、とってもうまい。

僕が正直なところを云ったら、蚊トンボはうれしそうな顔をした。

――おせじでも、うれしいわ。

――当たり前さ、とヒッポがほっぺたをふくらませた。どう、って聞かれてまずいって云えるわけがないじゃないか。

食事がすむと、僕らは散歩に出た。まだほの明かるく、夕暮の青い色がただよっていた。僕らは池のほとりに行ってみた。池のほとりの桜はすっかり葉を茂らせて夕風にその葉を軽く鳴らしていた。ときどき、池の鯉が水面にはね上がって水音を立てた。

——古池や鯉とび上がる水の音、っていう俳句はどうだい?

と、ヒッポが云った。

——愚劣、愚劣。

と蚊トンボが云った。それから三人で俳句をつくろうということになった。僕らはしだいに暗くなる池のまわりをまわりながら、頭をひねった。その結果幾つかできたけれども、ここに紹介するのはやめておこう。恥さらしになるだけだから。やがて、東の方に山の上に月が顔を出した。僕らは草の上に腰をおろすと月の出を見ることにした。

——東京はあの山の向こうぐらいね。

と、蚊トンボが言った。

僕らはもう五日後に東京に行くことになっていた。母のところは、東京へ行ってから改めて父とふたりで見舞いに行くことに決めてある。

月は少しずつ山の端から上がって来てやがて空に浮いた。かなり丸い月である。蚊トンボが歌を歌い出した。「山の端に月の出るころ」という歌だそうである。月を見ながら、蚊トンボの歌を聞いていると、楽しいような寂しいような妙な気持になった。

――だれかと思っただよ。

と、闇のなかから、ひとりの男が出て来て云った。僕らはびっくりした。が、月の光で男はヒッポの家の隣の主人とわかった。

――あんまりいい声なんで、もしかしたらきつねにだまされているんじゃあるまいかと思っただよ。

その男は笑って立ち去った。僕らは月の光を浴びながら、しばらくすわっていた。月光を受けて、木の葉が銀色に光っていた。そして、近くの草むらでは虫の音が聞えた。僕はすわって考えた。この山の中にやってきてもう四か月近くたつ。しかし、ここにきて、ヒッポたちとこんなに親しくなるとは夢にも思わなかった。池のほとりにすわって、月を三人で見ているなんて考えてみると何とも不思議だ。四か月近い間にはいろいろのことがあった。いろいろのことがあって、僕も少しずついろいろのことを知った。多分、こうして僕も少しずつおとなになって行くのだろう。

――そろそろ引き上げようか。

と、ヒッポが云ったので、僕らは立ち上がった。

再び東京へ

僕らはヒッポの家に戻ると、少しトランプをやり、それから僕は青い自転車に乗って帰ってきた。村の街道に出ると、夕涼みしている浴衣がけの人もいた。家につくと、おばが急いで出てきた。

――またけがでもしたんじゃないかと思ったんだよ。

僕は客間の方を見た。おじがやぎひげの医者とふたりですわって、へんな声を出して謡曲をうなっていた。僕は急いで部屋に逃げ込むと、青い花の壁かけの下の机で、オシャカサマに手紙を書いた。

――僕ら三人は五日後に上京する、と書くと、何となく裏の小川のほとりに出てみた。橋に出る前の葡萄棚には、もう葡萄のふさが幾つもぶら下がっている。僕は橋の上に立って、月光にキラキラ光る水を見た。前にやはり小川を見ていたとき、僕のうしろから目かくしをしたのは蚊トンボだ。そのとき、蚊トンボは僕に青い花を刺繍した壁かけをくれた。

――青い花。

蚊トンボは何をしているだろう？　涼しい夜風が林檎畑の方から吹いてきて、空には淡い雲が流れていた。

出発の前の日、オシャカサマから速達がきた、何でも、東京の前の友人たちが勢ぞろいして駅まで出迎えてくれるらしかった。アキヤマ君の帰京を祝す、という旗を立てたらいいとハンペンは提案したそうだが、みんなが反対したので中止になったと書いてあった。当たりまえだ。そんなことされたら、恥ずかしくて仕方がない。ヒッポと蚊トンボの両人を見ることは小生の最も楽しみとするところである、とオシャカサマは書いていた。

出発の日、ヒッポと蚊トンボはおかあさんといっしょにおじの家にやってきた。おじが町からハイヤアを呼んでくれたので、僕ら三人はハイヤアで駅まで行くことになった。よく晴れた日で、おじは鼻の頭に一杯汗をかきながら、僕に旅の注意をした。車中でやたらにものを買って飲み食いしてはいかん。へんなやつがいても相手になってはいかん。僕は、はいはい、とうなずいた。が、よく聞いていなかった。

——ほんとに気をつけるだよ。

ヒッポのおかあさんもふたりに注意していた。ハイヤアがきて僕らが乗り込むとおじは運転手にも注意した。

——気をつけてやってくれよ。

走り出すと、僕らは手を振った。おじ夫婦に、きょうだいのおかあさんも手を振った。車はいつも僕らが登校のとき通る道を走った。

駅につくと、ソンゴクウとチンパンジイが待っていた。

——へえ、ハイヤアできただかい？　豪勢なことしただな。運ちゃん、幾らとるだい？

と、ソンゴクウが云った。

——百万円とはとらねえだ。

と、運転手がすまして云った。

汽車が来るまでにまだ二十分ほどあるので、僕らは待合室のベンチで話をした。ソンゴクウもチンパンジイも、みやげを持ってくるようにと云った。蚊トンボは妙にすましてすわっていた。ヒッポが、

——よそ行き顔してらあ。

と冷やかしたら、いきなりヒッポの腕をねぢって、それから急にあわてて下を向いてしまった。近くの人たちが笑ったので。

改札が始まったとき、チンパンジイがもじもじして、僕の留守中、自転車を貸してもらえないかと云った。僕は承知した。チンパンジイはひどく喜んだ。

——へえ、だいじに乗るだ。

と、チンパンジイは云った。

汽車がきて僕らはうまく三人いっしょの席にすわれた。汽車が走り出すと、僕らは窓から顔を出した。駅のはずれの黒い柵のところにソンゴクウとチンパンジイが並んでいて、僕らを見ると両手をあげて「万歳」と大声を叫んだ。僕らは手を振った。汽車はやがて遠く僕らの村の見える平地を走った。

——さよなら、また見るときまで。

それから、前の席の蚊トンボを見たら、蚊トンボはにっこりうれしそうに笑った。

II

犬と娘さん

三太郎は元来、犬に無関心であった。というより、むしろ嫌いな方であった。犬については面白くない記憶のほうが多い。一度、学生のころ信州の湖畔にいった。夜、湖畔の路を歩いていたとき、一匹の大きな犬が唸り声をあげて三太郎の眼の前にとび出して来た。彼は驚いて立ちどまった。逃げてはいけない、と云われていることを想い出したからである。犬はびくびくものの三太郎の四囲を、悠然と鼻を鳴らして歩きまわった。その大きなセパアドは十分に嗅ぎ終ると、さもつまらなそうに歩み去った。三太郎はひどく侮辱された気がして思わず呟いた。

——この野郎め。

これに似たようなことが他にも三、四度あった。自然、三太郎は犬に、あまり好感をもてなくなった。

この三太郎が好きになった犬がいる。尤も、最初から好きになったわけではない。三太郎は学校を出ると、ある雑誌社に勤めた。同時に、郊外の一隅に下宿した。古い欅《けやき》の木立が見られたりする昔の街道の名残りのあるところで、夜になると、ひっそり閑としてしまう。通勤には不便だが、他にいいところもないので縁故をたよって下宿したのである。

下宿した翌日の晩である。仕事で遅くなった三太郎が、暗く静かな夜道を歩いてくると、下宿のすぐ近くで、突然、三太郎めがけて猛烈に吠えつく犬がいた。湖畔のセパアドほど大きくはないし、それに多少、犬の方も逃腰に見える。

——こらっ。

と怒鳴って、彼は近所の手前ちょっと気がひけた。そこで知らぬ顔をして家に入ったが、それでも犬はまだ喧《やかま》しく吠えつづけていた。

——いやな犬がいやがるな。

三太郎はがっかりした。

翌朝、顔を洗いながら、下宿の細君に犬の話をすると、細君は洗濯をしながら、笑って垣根の方を指した。

——あの犬ぢゃないの?

楊子《ようじ》を咥《くわ》えたまま、そっちを見ると粗い竹の垣根ごしに一匹の犬が坐っているのが眼に入った。茶色い犬で、耳がピンと立ち、尻尾が丸まっている。

——あれかもしれませんね。

そう云いながら三太郎は犬を睨みつけた。するとそのとき、「ポチ、ポチ」と犬を呼ぶ声がして、隣家との境にある小路に若い女の姿が現われた。

——お早うございます。

若い女は下宿の細君に挨拶すると、ちょいと三太郎を横眼で見て、犬に云った。

——ポチ、御飯だよ。

それから、犬と一緒に立ち去った。

——あれはとなりの犬ですか？

——ええ、そうですよ。ポチっていう名前で、いい犬ですよ。まだ慣れないから吠えつくんですよ。

——ポチか、つまらない名前だな。

三太郎は、ともかく気に喰わぬ犬だと思った。こんな三太郎の気持を敏感に察したのかもしれない。その后も、犬は一向に吠えるのを止めなかった。吠えるなら勝手に吠えろ、と思う。しかし、ひっそりした夜の空気を破って吠える犬の声をきくと、どうも三太郎は自分が悪いことをしているような錯覚を覚えて不愉快であった。

ある晩、なるべく靴音を響かせないように歩いてみた。それでもポチは、ちゃんとききけて、生憎鎖につながれていたらしい、何やらドタバタ音を立てて、ながながと、いつもより激しく吠えつづけた。

——何だ、あいつ。

三太郎は腹を立てて土を蹴った。

そこで、三太郎は方針を替えることにした。三太郎は出勤がおそい。そんなとき、よく走りまわっているポチを見かける。彼は、ありあわせの菓子をポチにやることにした。庭に出て、そのへんの木の根元あたりの香を嗅いでいるポチを呼ぶ。

——ポチ、ポチ。

ポチは胡散臭そうに三太郎を見る。それから、彼が手にもっている煎餅を見る。どうしようか、と考えているらしい様子を見せる。

——こっちへ来い。

三太郎が怒鳴る。すると、ポチはひょいと身を引いて突然吠え出すのである。三太郎は怒って煎餅を投げつける。ポチは身をかわして逃げる。しかし三太郎が部屋に戻ると平気な顔でバリバリ煎餅を嚙むのである。

尤も、そのうちにポチは次第に三太郎のやる菓子を逃げずに食べるようになった。ところが、夜は相変わらず吠えることをやめない。三太郎はがっかりした。スチヴンスンという小説家はこう書いている。

——犬は私が狼よりも怖れる動物である。犬は狼より遥かに勇敢で、おまけに義務の観念という後楯がある。諸君が狼を殺せば諸君は大いに称讃されるが、犬を殺してみたまえ、たいへんな非難にとりまかれるだろう……。

三太郎は大いにスチヴンスン氏に共鳴したい気持であった。

それにも拘らず、性こりもなくポチを懐柔しようと、ある日、菓子を与えていると、垣根ごしに隣りの娘が声をかけた。

——まあ、いつも御馳走さま。

まるで、自分が貰ったような口吻である。三太郎はちょいと会釈した。娘は中背の、むしろ痩せた女で眼が大きい。娘は別にどこにも行かずに、三太郎と犬を見ている。三太郎は自分でも思いがけないことを云った。

——どうも、躾けが良くないと想いますよ。やるものは食うくせに、夜は吠えつくんですからね。

——まあ。

娘はそれをきくと、自分のそばに寄って来て尻尾を振っている犬の頭を、ひとつピシャンと叩いた。これには三太郎が驚いた。ポチは、呆気にとられた格好である。三太郎はむしろポチが気の毒になった。

ところがそれから、娘は三太郎の顔を観るたびにポチの話をするようになった。ポチの子供の時分とか、病気したこととか、喧嘩した話とか、いろいろする。三太郎はそんなに犬の話ばかりききたくはないが、娘がするのを謹んで拝聴した。

下宿の細君にきくと、娘はある短期大学にいっていたが、少し身体を悪くして休んでいるのだという。そうきくと、成程、あまり健康そうではない。

ある休日、三太郎は自分の社で出している雑誌を一冊もって、娘の家にいった。すると、歌声がきこえて来た。三太郎の知らぬ歌を歌っている。声のする方を見ると、隣家の大きな柿の木の下にデッキチェアをおいて、娘が坐っていた。小さな声だが、澄んでいる。その足元には、ポチが神妙にかしこまっていた。

三太郎は垣根のところで、声をかけたものかどうか、ちょっと迷った。するとポチが三太郎を見つけて、また菓子でも貰えると思ったのか、のこのこ近づいて来た。娘はそれにつれて眼を移すと、三太郎を見て急に歌い止めて赤くなった。

——まあ、黙ってきいてるなんて……。

三太郎はちょいと困った。こういうときにうまいことの云える男ではない。

——これあげますよ。

雑誌を差出した。娘は立ち上がると近づいて来て垣根ごし礼をいって雑誌を受けとった。それからパラパラと頁をくりながら、

——ポチ、このごろ吠えますか？

ときいた。三太郎は面喰って考えた。そう云われると、このごろ吠えられた記憶がないのである。

——そう、吠えなくなりましたね。

——躾けが良くなったんじゃないかしら。

——そうかもしれませんね。じゃ。

そう云うと、三太郎は帰って来た。娘の方は慌てて雑誌の礼なぞくり返して云った。三太郎は下宿に戻ると考えた。

——何だって犬の話ばかりするんだろう。俺は犬なんて嫌いなんだ。

しかし、下宿の細君は三太郎にいった。

——ずいぶん、お隣りと話が合うようじゃないの。何の話ですか？

——犬の話ですよ。

三太郎がつまらなそうにいった。

——犬って、犬のどんな話ですの？

——犬の……ポチの話ですよ。

細君はポカンとした顔をしていたが、やがて笑い出した。それから三太郎の顔を見ながら云った。

——しっかりしなきゃ駄目よ。雑誌社なんてよく勤まるわね。

三太郎は、それはどういう意味か、と訊こうと思った。しかし、訊こうとすると、妙に照れ臭くなったので止めてしまった。その替り、内心こう呟いたのである。

——俺はそんな気はないんだ。犬の話で結構なんだ。

ところが、それから二、三日して、ゆっくり出勤する三太郎は路で犬をつれた隣りの娘にあった。駅近くの店まで行くと云うので、一緒に歩いていった。そのとき、娘はこんなことを云った。

娘の母親は、娘に、隣りの男と何の話をするかと訊いたという。娘がポチの話だ、と云ったところ、そんなバカな話は止めろ、と叱られたというのである。

——バカな話かしら?

三太郎は苦笑した。バカな話に決まっていると思っていたのである。娘の母親というのは娘と違って堂堂と肥った老婦人である。三太郎はその母親を思い浮かべながら、娘のつれているポチに眼をやった。ポチは自分が話題になっているとはちっとも知らないから、ときどき電信柱の香を嗅いではちょいと後足をあげて行儀のわるいことをした。そのたびに娘は怒ってポチを引張った。

——あたしも、秋になったら学校に出られそうなのよ。

——そりゃいいですね。

——そしたら、ハイキングにでも行きましょうか。

——そりゃいいですね。是非行きましょう。

三太郎は愉快になった。

しかし、夜になって、青柿が大きな音を立てて落ちる音がきかれるようになったが、娘は学校に行けるようにはならなかった。相変らず、ぶらぶらしていた。しかも、横になっている方が多いらしかった。

——どう云うんでしょうね。よくないんですって。ポチの話も出来ないわね。

下宿の細君がいった。

——いや、秋になったらハイキングに行く筈だったんですがね。

三太郎は煙草をのみながら答えた。

——おや、御免なさい。ずいぶん、偉くなったのね。

秋のある休日、社の女記者が二人、三太郎のところにやって来た。暫く賑やかな笑声を響かせたあとで、三人で近くの古い寺まで散歩した。その寺を見物しにやって来たのであった。

溌剌とした若い女性二人と一緒にいて、三太郎はむろん、悪い気はしなかった。しかし、内心、隣りの娘をひょいと考えることがあった。

——妙だぞ、これは。

三太郎は考えた。

その翌日、三太郎が出勤しようとすると、垣根ごし声をかけられた。見ると、隣りの娘が庭の椅子に坐っていた。ちょっと見なかったと思ったら、急に痩せて見えた。

——どうです、具合は？

——ええ。……昨日はずいぶん、賑やかだったんですってね。

——え？

三太郎は最初よく判らなかった。それから気がついて云った。

——ああ、社の女のひとが二人ハイキングしようって来たんですよ。

——いいわね。ハイキングが出来て？……。

——うん……。

三太郎は言葉に困った。仕方がないから、こう云った。

——早く一緒に行けるといいですね。おや、ポチがいないな。

娘は淋しそうに笑った。それから、ポチは昨日どこかに遠征して耳を嚙まれて帰って来て元気がないと云った。

——耳を？

——ええ、だらんとしちゃったの。いやな犬ね。

三太郎は別にいやな犬とも思わない。しかし、自分からポチの話を持出したのが滑稽に思われた。そのとき、一匹の赤トンボが飛んでくると、近くの物干竿にとまった。

——あら、赤トンボ。もう出るのね。あたし、赤トンボって好きなんですよ。

——僕も好きです。

三太郎は云った。これは嘘ではない。少し赤トンボの話でもしようか、と思ったとき、庭先に娘の母親が姿を現わした。そして三太郎を見ると云った。

——ポチですか？

三太郎は軽く一礼すると、返事もせず歩き出した。そのときの三太郎には、肥った娘の母親は犬よりも、もっと厭なものに思われたのである。

娘と顔を合わせることは少くなった。しかし、ポチは逆に、しばしばやって来るようになった。ネクタイを結びながら窓の外を見ると、ポチが坐っていることがある。休みの日、珍らしく本なぞ読んでいて、不図気がつくとポチが坐っていて尻尾を振る。

——ふん、お前か。

そう呟くと、ポチは盛んに尻尾を振る。そうなるとポチに何かやらないと悪いような気がしてくる。だから、あるときは必ず投げてやった。無いときは、

——今日は何にもないぜ。

と云って手を振る。しかし、ポチは何か勘違いして、嬉しそうに尻尾を振る。三太郎はこっそりポチに訓辞を与えた。

——お前の欠点は意地の汚い点だ。どうも少し、喰辛棒すぎるぞ。

しかし、そう云われてもポチは何やら期待する顔で尻尾を振りつづける。三太郎はつくづくポチを眺めて溜息をついた。ポチの右耳は、上半分がダランと垂れてしまっていた。三太郎はポチに吠えられたくないと思って、菓子をやり始めた。しかし、ポチの方ではそんなことは考えなかったろう。ただ菓子をくれる人間として三太郎を考えたにちがいない。だから、ポチの頭のなかでは三太郎の顔は煎餅と同じに見えるのかもしれない。そう考えて、三太郎は自分の顔を撫でながら憂鬱になった。

三太郎の生活はかなり忙しい。だから、隣りの娘やポチのことをいつも考えているわけではない。しかし、都会の雑沓のなかを急がしく歩いているとき、思いがけなく娘のことを思い浮かべることがある。ある晩、三太郎は、明るい花屋で花の鉢をひとつ買うと、それを抱

えて帰途についた。

下車する駅近くなると、

——今晩は。

と云って一人の中学生が傍に寄って来た。隣りの息子で、娘の弟である。友達の家に遊びにいった帰りだ、と云いながら三太郎のもっている花を見た。

——花、買ったんですか？

——うん。

三太郎は、実は娘にやるつもりで花を買ったのである。しかし、その弟に会うと、どうも君の姉さんにやるんだ、とはいえなくなってしまった。

駅を降りて歩いていると、中学生がにやにや笑って云った。

——うちの姉さん、よく吉野さん（三太郎の姓）の話をしますよ。

——へえ、どんな話だい？

——なかなか複雑ですよ、そう簡単には云えませんよ。

——生意気なこと云うな。

三太郎は苦笑した。中学生はそれから姉の病状は依然香しくないので、あるいは近い裡に療養所に入るかもしれないと云う。

——そりゃ、淋しくなるね。

三太郎はそう云ってから、云い足した。

——君のうちも……。

家の前まで来たとき、中学生はまたにやにやして云った。

——その花、姉さんにやるんじゃないんですか？　やると喜ぶのにな。

——こいつめ。

三太郎は乱暴に鉢を弟に押しつけると、中学生の頭を帽子の上からポンと叩いた。

翌日、三太郎が井戸端で髭を剃っていると隣りの娘が垣根のところに来た。

——お花をどうも有難うございました。

——いいえ。起きていいんですか？

娘は寝巻の上に羽織を羽織って来たという恰好である。本当は寝ていなくちゃいけないのだろう。娘は淋しそうに笑った。そして大きな眼で三太郎を見た。それから一言も云わずに、急に戻っていった。

それから二、三日すると、下宿の細君が三太郎に、隣りのユキコさん（娘の名前）は山の中にある療養所に入った、と告げた。

——莫迦に急ですね。

三太郎は意外に思った。

——いえ、前から用意はしていたんでしょう。そんな話でしたもの。

——でも急ですね。

三太郎は妙に物足りなかった。また、不満だった。しかし考えて見ると、三太郎が不満を抱く理由は少しもない。大体、二人の交した会話というものはポチに関するものばかりであった。何やら想い出して、夢想がちの色彩を与える会話にはおよそ乏しいのである。

——三太郎さんによろしくって云ってましたよ。

——そうですか。

三太郎は浮かぬ顔であった。そして、花をやった翌朝、自分を見つめた大きな眼を想い出した。案外、自分でも気づかぬまに隣りの娘が自分の心のなかに大きな場所を占めていたのに改めて驚いた。

娘がいなくなってから、ポチも元気がなくなったように見えた。娘の弟の話だと、大体耳を嚙まれて帰ってくるようになったのが情ない、と云う。

むろん、ポチはもう夜おそく帰ってくる三太郎に吠えつかない。逆に、三太郎の足音をきくと急いで走り寄ってくる。頭を撫でてやると、三太郎の手をペロペロ舐める。それから、三太郎の窓の下に来て、三太郎が電気を消すまで坐っていたりした。引越して来たころ、ポチに猛烈に吠えられたことを想い出すと、不思議な気がしてならなかった。

——ポチ、吠えてみろ。

と云うが、ポチは横を向いて吠えようとしない。そのくせ、風が吹いて立てかけてあった竹箒か何かが倒れたときには、ポチは大事件でもあったかのように吠え立てた。三太郎はポチに訓戒した。

——お前は、少しボケたらしいぞ。しっかりしろ。

しかし、ポチは地面を嗅ぎながら、クシン、クシンと嚔《くさめ》をしたりして、甚だだらしがなかった。

三太郎は知らなかったが、ポチは老犬だったのである。翌年の二月ごろ、霜のひどい朝、三太郎は隣りの息子がポチを引っぱって歩いて行くのを見た。

——ポチ、ポチ。

ところがポチは知らん顔をしている。尻尾も振らない。いくらボケたにしてもおかしい、と思ったとき、中学生が云った。

——これポチじゃないんです。

——何だって、ポチじゃないのかい?

——ええ、ポチは二週間ばかり前に死んじゃったんです。だから、ポチの子供を貰って来たんです。よく似てるでしょう。

成程、ポチによく似ている。うっかりするとポチと間違える。しかしよく見ると両耳ともピンと立っていて、眼附もちがう。

——全く、よく似てるな。

それから、ちょいと立話していると、息子の母親が通りかかった。三太郎を見ると、

——ポチは死にましてね。

と云って、そのまま歩み去ろうとしたが、ひょいと振向いた。

——ユキコも、このごろ大分いいらしいんですよ。

三太郎は、そりゃ、とか何とか相槌を打ったが、そのまま肥った母親はどんどんいってしまった。大分いいのは結構だが、しかし、何だってそんなことを自分に云ったのだろう。三太郎は不思議に思った。

隣りの娘は三太郎の知らぬまに療養所にいってしまった。ポチは三太郎の知らぬまに死んでしまっている。この娘と犬のことが、その日一日中妙に気にかかった。出来れば娘と、死んだポチについて大いに語り合いたい気がしたりした。

しかし、三太郎はとうとう隣りの娘とポチについて語り合えぬうちに、都心の近い方に引

越してしまった。勤めに便利な、ちょうど手頃の空室があったので引移ったのである。ユキコからは一度、簡単な便りがあった。それに対し三太郎も簡単な返事を出した。それ切りである。だから、それから二年経ったいまも三太郎は、娘がよくなったのか、それともポチと同じ運命を辿ったのか、知らない。しかし、どう云うものか、その後三太郎は犬がそんなに嫌いではなくなった。そしてポチに似た犬を見かけると、思いがけなく眼の大きな隣りの娘さんを想い浮かべる。思い浮かべると、妙に淋しいような気持になるから妙であった。

鸚鵡

船が航海を終えて港に着くと、次の航海まで一ヶ月ほど暇があった。だから、船員たちは、思い思いの方角に散って行った。思い思いの感情と荷物を持って。若い船員のマノはトランクの他に、布の覆いをかけた鳥籠をぶら下げて上陸した。鳥籠には、一羽の鸚鵡《おうむ》が這入っていた。

——いいこが待ってるんだろうが？　せいぜいうまくやれよ。

年輩の船員が笑ってマノに云った。

——抜かりはありませんよ。

マノも笑った。それから仲間に別れると、大股に港の坂道を上って行った。

マノの家は、その港町の高台にあった。船長だった父が死んでしまって、家にいるのは母と兄夫婦だけである。独身だから、彼を待つ細君はいなかった。——抜かりはありませんよ、とマノは云う。が、別に彼を待ついい娘さんがいるわけでもなかった。しかし、彼の母や兄夫婦はむろん喜んでマノを迎えた。当然、彼の航海や土産が彼らの話題の中心とならぬわけがなかった。

そのなかでも、鳥籠の鸚鵡は彼らの興味の中心になった。マノは南方のある店でその鸚鵡を買ったのである。最初鳥籠の覆いをとったとき、鳥は面喰ったらしく眼をパチクリさせた。それから、マノの嫂《あによめ》を見ると、

――ピイ。

と高く口笛を吹いた。これには、彼らも驚いた。始めは、マノが口笛を鳴らしたと思ったほどである。しかし、つづいて鸚鵡が二度ばかり、ピイ、ピイとやったので、マノでないことが確かになった。

――器用なもんだね。

マノの兄はひどく感心した。

鸚鵡が口笛を吹けるかどうか判らない。多分、吹けないだろうから、口笛によく似た鳴声を発するのかもしれなかった。が、聞いてみると、口笛としか思えなかった。マノはその鸚鵡を、口笛が鳴らせるから買ったわけではなかった。ただその鸚鵡が気に入って買おうとしたとき、店の肥った支那人の親爺が、

――この鳥は口笛が吹ける。

と、英語で云った。

——待て、と彼は云った。いま、この鳥は口笛を吹くだろう。

ちょうどそのとき、若い金髪の女が気取って店先を通りかかった。すると、鸚鵡は鋭くピイと口笛を鳴らした。揶揄《からか》い半分に呼びかけるように。若い女はちょいと振向いた。が、鸚鵡とは知らぬから、マノを犯人と思ったらしくマノに非難するらしい一瞥を与えて歩み去った。マノはちょいと面喰った。が、店の親爺は愉快そうに笑って、

——どうだ、気に入ったろう？

と云いたげな顔をした。マノも笑い出した。そして、その鳥を買ったのである。一体、誰が鸚鵡にそんな芸を仕込んだのか判らなかった。店の親爺はただ、帰国するアメリカ人から買ったと云ったにすぎない。

——若い男か？

——いや、年寄りだ。たいへん年寄りだ。

と、店の親爺は云った。マノは親爺の—— very old と云う言葉を口のなかで繰返して、何だか納得の行かぬ気がした。それから、こう考えた。多分、それは独身の孤独な老人なのだろう。それが自宅のヴェランダか何かに鳥籠を吊しておく。若い女が通ると鸚鵡が口笛を鳴らして女が振向くのを見て、僅かに気晴らしをやっていたのかもしれぬ、と。

マノの部屋は港に面している二階にあった。二階には小さなヴェランダがあって、マノはよくそのヴェランダのデック・チェアに凭れて時を過した。ヴェランダからは、幾つかの坂道と家の屋根と樹立と電柱と——その他いろいろのものが見降せて、その先に海があった。日頃見慣れている筈の海も、そのヴェランダのデック・チェアに凭れて眺めると、妙になつかしいものに思えたりした。若いマノはむろん、老人みたいに椅子にばかり坐っているわけではなかった。坂道を降って行って街を歩いたり、友人たちに会ったりした。が、朝は——彼は決ってヴェランダに坐ってパイプをふかした。鸚鵡の籠は、彼がヴェランダに出るとき一緒に持って出てヴェランダの軒先に吊しておいた。

——ピイ。

二日目の朝、鸚鵡が鋭く口笛を吹いた。見ると、彼の家の白い柵の外の小径を一人の若い女が歩いていた。女は驚いてヴェランダを見上げた。そして、見降したマノと視線を合わせると、急いで視線を落して早足に坂道の方へと下って行った。季節は夏に近く、女は軽快な服装をしていた。が、別に美人でもなく、濃く化粧をしているわけでもなく、温和《おとな》しそうな娘さんであった。

——やれやれ。

と、マノは少しばかり間誤ついて考えた。

——鸚鵡の奴め、早速始めやがったぞ。

しかし、マノはその娘さんのことはすぐ忘れてしまった。

三日目の朝、鸚鵡は再び口笛を吹いた。彼が見降すと、例の娘さんが歩いていた。娘さんは、彼が見降したときは下を向いて歩いていた。

——まさか、鸚鵡とは思うまいからな、とマノは考えた。何と思ってるだろう、とんでもない不良だと思ってるかもしれないぞ。

しかし、多少の茶目気分もないではなかったから、そのために鸚鵡の籠を軒先に出さずにおくようなことはしなかった。マノはマノなりに理屈をつけた。鸚鵡だって、海が見たいだろうからな、と。

四日目も、五日目も変らなかった。そして、六日目も、七日目も。マノが寝坊したり雨が降った日を除くと、鸚鵡はいつも海の見えるヴェランダに出された。他に路はあるのだから、あの娘さんが口笛で呼びかけられるのが嫌ならそっちを通る筈だ、とマノは勝手に解釈して苦笑した。

——多分、この鸚鵡の口笛がお気に召したのだろう。

二週間ばかり経ったある日、街をぶらぶら歩いていたマノは、偶然、その娘さんを見かけた。歩道に沿って莫迦に大きな硝子張りの窓があって、そこには金文字の英語でH……自動車会社事務所と書いてあった。窓の上から歩道に赤と白の陽余けが突き出ていて、暑い道を歩いて来たマノは、その陽かげをゆっくり歩いた。ゆっくり歩きながら、硝子窓ごしに覗き込むと、思いがけなく、すぐ近くにタイプライタアを叩いている例の娘さんがいたのである。

マノはひどく吃驚《びっくり》した。

——こいつはいかん。

急いで離れようとしたとき、娘さんは人影が気になったものらしく、キイを叩く手を止めてマノの方を見た。娘さんもひどく吃驚した顔をした。そのあとは、しかし、判らない。マノは急いで歩き出してしまったから。

——どうも、わざわざ勤め先まで覗きに来たみたいで具合が悪いぞ。

と、マノは考えた。が、二十米ばかり歩くと彼は考え直した。

——まあいいさ。別にどうって云うこともないんだからな。

その翌日も、マノはいつもと同じように鸚鵡を軒先に吊した。尤も内心、多少昨日のことが気にならぬこともなかった。が、マノは考えた。

——変な奴と思ったら通らないだけだろうからな。

そして、マノはちょっと気抜けした。と云うのは娘さんはその朝、通らなかったから。が、彼の兄も家にいるので、その日が日曜日だと判った。彼は苦笑して鸚鵡に云った。

——今日はお前の恋人は休みだそうだ。

その次の日、娘さんは小径を軽快に歩いて来た。鸚鵡は娘さんを見ると、例によって威勢よくピイと口笛を鳴らした。

マノは驚いた。いままでチラと見上げるか、俯向いたまま通りすぎていた娘さんが、大胆にヴェランダを、ヴェランダのマノを見上げたから。まるで、何かを待ち受けるかのように。そのため、マノはうっかりして軽く頭を下げてしまった。すると、娘さんもちょいと狼狽気味に会釈して坂道を下って行った。

——どう云うつもりなんだい？

と、マノは自分に問いかけた。

その日から、マノと娘さんは鸚鵡の口笛を合図に互いに会釈しあうようになった。ちょっと微笑を浮かべて。そしてマノは、いつのまにか娘さんが濃く化粧し始めたのに気がついた。また、娘さんがマノを見上げる視線に、何かを待ち設けるらしい色が強く現れてきたのに気づいた。それは全くマノの予想外のことと云ってよかった。

——今更、鸚鵡の悪戯ですとも云えないしな。

と、マノは呟いた。娘さんが坂道を下って行ってしまったあとなぞ、マノはパイプを啣えて海を眺めながら、娘さんの鼻は少し上を向いているが愛嬌がないこともない、と考えたりした。そして、娘さんの顔に何か苦痛に近いような期待の表情が浮かび始めたころ、マノは再び海に出ることになった。

船に乗り組む前夜、マノは友人のオカダと街の酒場でビイルを飲んだ。オカダは、船はいつ出るのかとか、今度の航海はどんなものかとか訊ねたのち、急にマノの脇腹をつついてニヤニヤした。オカダの妹の友だちで、頻《しき》りにマノのことを知りたがっている女性がいるというのである。マノは笑って相手にならなかった。オカダの冗談としか思えなかった。

——いつだったか、日曜日に遊びに来てね、とオカダは云った。アルバムを見ている裡にお前さんの写真を見つけてね、急に熱心に妹に質問を始めたそうだ。

マノは笑っていた。が、そのとき気がついた。あの娘さんかもしれぬ、と。マノはうっかり口を滑らした。

——タイピストかい、自動車会社の？

オカダはマノの脇腹に一発拳骨を喰わせると、上等のウイスキイを註文して、これはお前さんが払うんだぜ、と云った。マノは大いに狼狽して相手の誤解を解こうとした。

——鸚鵡の奴が……。

云いかけて、マノは口を噤《つぐ》んだ。それから、思いついてこう云った。

——鸚鵡をやろうか？

——そいつはいいな。何か話すか？

——何も話さないよ。

——俺が仕込むさ。すぐ貰いたいな、気の変らん裡に。

マノはオカダのせっかちなのにちょいと呆れた。が、その夜、オカダはマノの家まで来て鸚鵡を受けとると喜んで帰って行った。

霧のかかった夜で、マノはヴェランダに出ると霧ににじむ暗い灯影と海を見た。もう娘さんはこのヴェランダに口笛を聞くことはあるまい。マノは娘さんの眼を想い出して、酔っているせいか、少しばかり淋しい気がした。しかし、マノはすぐ航海に出る。鸚鵡の悪戯もたちまち他愛もない想い出の一頁に記されてしまうにすぎない。

——何故、やったの？

と嫂は残念がった。が、マノにも何故鸚鵡をやったのかよく判らなかった。

二日後、よく晴れた暑い日、マノの船は三時に出帆する筈であった。専ら荷物を積み込んで、客らしい客はなかったから、見送人もなかった。銅鑼《どら》が鳴り、船が岸壁を離れ始めようとしたとき、甲板に出たマノは岸壁に一人の若い女が立っているのを認めた。

――……？

マノは尠《すくな》からず驚いた。それは例の娘さんだったから。マノは娘さんが自分を見送りに来たとは思っていなかった。が、娘さんは、金ボタンの服に帽子をちょいと斜めに被ったマノがやっと判ったらしく、じっとマノに眼を注いだ。そのとき、マノは娘さんが自分を見送りに来たらしいと気がついた。マノは娘さんの眼が熱心に問いかけているのを知った。

――どうなさったの？　口笛は鳴らさないの？

マノはちょいと当惑した。鸚鵡はいなかった。マノは決心した。そして強く口笛を吹き鳴らした。それは思ったよりよく響いた。すると娘さんの顔に晴やかな微笑が浮かんで来るのをマノは見た。娘さんは大きく両手を振った。

白い少女

ぼくの若い友人、ヤノ・タツオの画室にはたくさん絵がかかっている。彼自身描いた絵もあれば、彼の絵でないのもある。床の上にも描きかけや、なかば完成したカンバスが何枚も立てかけてある。それらのなかで、ぼくの興味をひいた絵が一枚ある。十四、五歳の少女を描いた絵である。なぜ、その絵に興味を持ったのか、ぼくにもよくわからない。白い服を来た少女の半身像であるが、その絵を見ているとなんだかたいへんたのしい気持になってくる。目の大きな、髪をおさげにした少女の顔は、妙になつかしい気持をおぼえさせる。むろん、なつかしいと云っても、その少女には一度も会ったことはないのだが……。

——これは？

ぼくがたずねたとき、ヤノ・タツオは笑って答えた。

——白い少女、って云うんです。自分の絵でも、出来不出来は別として、ぼくのいちばん気に入っているヤツです。悪くはないでしょう？

——うん、いい絵だよ。だれなの？

——だれって云われても困るなあ、夏、知りあった娘さんだけど。

それから、彼はその少女と知りあった夏の話をしてくれた。つぎにしるすのは、その話である。だから、文中の「私」は、ぼくでなくヤノ・タツオであることをお断りしておく。話を聞いていた部屋の窓から庭が見えて、ヤノ・タツオが丹精して作ったばらが、美しく咲いていたのをおぼえている。


……その夏、私は山のなかの湖畔で一か月ばかり過した。私の友人に、その湖畔に別荘を持っている男がいて、そこに厄介になっていたわけです。ところが、この友人というのがたいへん忙しい男で、一週間ばかり日本アルプスを征服しに出かけると思うと、次は海岸にいる別の友人をたずねて、五、六日も帰ってこない、といったぐあいで、居候の私が、まるでその別荘の主人みたいにかまえていました。

しかし、湖畔の生活も友人がいないと退屈でした。湖で泳いだりボオトに乗ったり散歩したり——それも一週間もするとあきてしまいます。でも、私は退屈でもいっこうにさしつかえありませんでした。そのころ、私は絵の勉強をしていましたから——いまでもそうだけれども——たいていスケッチ・ブックを小わきにかかえて、あちこちスケッチして歩きました。

ときには、林のはずれに画架を立ててみたりしました。また、ときには湖畔ぞいの小道に。

ある日――それは、私が湖畔にきてから四、五日たったころでした。私はスケッチ・ブックをかかえて散歩に出ました。よく晴れた日で、空には白い雲が流れていました。ブラブラ歩いているうちに、私は道が切りどおしのようになっているところにやってきました。道の東側は林で、風が林の木の葉をそよがせていました。

――……？

そのとき、私は林のはずれに、なにか白いものを見つけました。近寄ってみると、それはひとりの少女がかぶっている帽子で、少女は画架を立ててしきりに絵を描いているところでした。

――おやおや、こんなところに仲間がいたのか……。

私はちょっと愉快な気持になりました。私はその絵を見るために、さらに少女に近づきました。そのとき、少女は足音を聞いたのでしょう。私のほうを振り返りました。そして、私を見てびっくりした顔をしました。大きな目を丸く見開いて、口をなかば開いて。そのひょうしに、たぶん足でけとばしたのかも知れません。画架がひっくりかえりました。

私もびっくりしました。私が倒したのではないものの、多少責任があるといえばいえないこともありません。

——邪魔してごめんなさい。

私はあやまりながら、ひっくりかえした画架を立ててやりました。が、肝腎の絵のほうは木の葉がくっついたり草にこすられたりしてすっかりだめになっていました。私が画架を立ててやったとき、少女は、

——どうもありがとう。

と云いました。そして、ちょっと笑いました。白いきれいな歯が見えました。私はそのとき少女がたいへん美しい顔立ちをしているのに気がつきました。私は少女と二分間ばかり話をかわしました。何を描いていたのか？　よく絵を描くのか？　とか、少女も私のかかえていたスケッチ・ブックから私も絵を描くのが好きな人種だと思ったのでしょう。いくらか親しみをおぼえたようすで、しかし、ことば少なに答えました。

私が立ち去ろうとしたとき、カンバスにくっついた木の葉を落しながら少女が云いました。

——あなた、絵かきさん？

——いや、そのたまごですよ。と私は答えました。

私はそれから散歩をつづけ、いくつかの気に入った風景をスケッチしました。スケッチしながら気がつくと、余白に、ある顔を描いたりしていました。ある顔を——それは少女の顔でした。なぜなのだろう？

その翌日、私はもう一度、きのう歩いた道を歩きました。しかし、白い帽子は見当たりませんでした。どういうものか、少しばかりものたりない気がしました。

そのつぎに少女を見たのは、音楽会の夜でした。音楽会といっても、その別荘地にあるちっぽけな教会でおこなわれるもので、別荘にきている人たちが出演するしろうと音楽会でした。夏の生活に変化をもたせるためにみんなが考えだしたのでしょう。

それは星の美しい夜でした。教会の窓から明かりが流れ出て、大きな木立ちにかこまれた教会は、童話の世界のもののようでした。そしてその教会のなかで、私はかわいらしい妖精を見たのです。その時、友人はアルプス登山に出かけていていませんでした。私は友人の妹の女子大学生とふたりで行きました。友人の妹は、たいへん勇ましい娘さんで、よく私に議論をふっかけてきました。その結果は、いつも私のほうが旗色が悪くなりました。

私たちが教会へはいったときは、もう音楽会は始まっていて、若い学生らしい男がふたりで、ギタアをひいていました。

——あら、ポンスケとポンタよ。

と、友人の妹は低い声で云いました。

——ふたりとも、頭は悪いくせにギタアは少しうまいのよ。

私はふたりをながめギタアの演奏を聞きながら場内をなんとなく見まわしました。私はだれかが私を見ているような気がしました。そして、かわいらしい妖精を――例の少女を見つけました。少女は私の席から斜め後方にすわっていました。私と顔を合わせると、少女はちょっと微笑しかけて、すぐ視線をそらせました。

ギタアの演奏が終ると、ひとりの五十年輩のおくさんが、オルガンの伴奏で『アベ・マリア』をうたいました。つぎは三人の娘さんがジャズをうたいました。シャンソンをうたった娘さんもいました。かと思うとひとりのじいさんが『サンタ・ルチア』を歌ってみんなに冷やかされたりしました。ともかく、ひとつ終って、つぎの人がでていくときには、たいてい知り合い同志なので声援がたいへんなものでした。そのにぎやかな声援のときに私は斜め後方を振り返りました。少女は静かにすわっていました。声援をおもしろがっているらしい微笑を浮かべながら。

休憩のとき、私は外へ出ました。大きな木々は、黒々とそびえ立っていました。私はたばこに火をつけると、湖畔のほうに歩いていきました。湖は百米と歩かぬところにありました。湖は静かでした。小さな波が湖畔でチャプチャプと音をたてていました。私は対岸に見えるいくつかの灯影をながめたりしました。

すると、懐中電灯の光が私の右手の小道に動くのが見えました。電柱の下まで行ったのを見ると、それは例の少女でした。

――こんばんは。

私は声をかけました。少女は振り返って私のほうを見ました。が、暗くてよくわからぬらしい。私は少女に近寄りました。私なのに気がつくと、少女は笑いました。

――あら。

少女は、もう帰るのだと云いました。私は送っていってやろうと云いました。夜道はあぶないから、と。少女はしかし、この土地はよく知っていてあぶないことなぞはないのだ、と云いました。が、私が送っていくのをこばみもしませんでした。

私たちは、暗い湖畔ぞいの道を歩いて行きました。

――いっしょにいた人が、さがしているかもしれないわね？

少女が云いました。

――いっしょにいたひと？

私はちょっとわかりませんでした。が、すぐ友人の妹だと気がつきました。

――ああ、あの人はぼくの友だちの妹でね。ぼくはその友だちの別荘に遊びにきてるんです。

――そう。

少女は興味なさそうに云いました。興味なさそうに――しかし、じっさいはたいへん興味があるらしく、友人の妹のことをいろいろ知りたがりました。暗かったためかもしれません。少女はいろいろおしゃべりしました。いま私は、そのおしゃべりのくわしいことはほとんどおぼえていません。しかし、少女に母親がないこと。兄や妹もいないこと。別荘にばあやとふたりでいること。この湖畔には毎年くるけれど、友だちもいないこと。などを話したのはおぼえています。そんなおしゃべりをする少女は、なんだかとてもたのしそうでした。

でも、母親がいないと云ったとき、私はうっかり、

——死んだの？

とききました。そのときだけ、少女は急にだまりこんでしまいました。で、私はそれ以上なにも云わぬことにしました。十五分ほど歩くと少女の家に着きました。私はその家の前で、かわいい妖精に、別れをつげました。少女は私が振り返ってみると、玄関の前で懐中電灯の光をぐるぐるまわしていました。私も手を振りました。しかし、暗くて少女には見えなかったでしょう。私はこっそりつぶやきました。

——さよなら。

その後、私は少女とちょくちょく会いました。私たちはよく、湖畔のホテルのベランダで、アイス・クリイムを飲みました。また、いっしょに林のはずれとか、湖を見おろす低い山の上に画架を並べたりしました。少女の絵は——残念ながら、そううまいとは云えませんでし

た。が、気持のよい風に吹かれながら絵筆を動かしていると、絵の上手下手なんか、どうでもいい気になりました。

私が少女といっしょに、アイス・クリイムを飲んだりしたというので、友人の妹やその友だち連中は私をひやかしました。

——ヤノさんったら、小さな女の子といっしょに、アイス・クリイムなんか飲んでるのよ。あんな女の子、恋人のつもりなのかしら？　ちょっとおかしな人ね。

——ちょっとじゃないわよ。とってもへんよ。

しかし、私は笑ってなにも云いませんでした。むろん、私は少女を恋人だなんて思ったことはありません。少女はかわいい妖精でした。私の夢のなかの人でした。私は少女が成長しないで、いつまでもいまのままでいたらどんなにいいだろうと思いました。それに私は少女にだれも友だちがいないのを知っています。私は男で、それに少女にとっては、少し年をとりすぎた友だちかもしれません。しかし、友だちになることはできるのです。そして、少女も私をいい友だちだと思っているのに、少しばかりひやかされたからと云って、少女を裏切ることはできません。

ある日、私は友人の家のボオトで湖のなかの島に出かけて、ひとついい風車を見つけました。それは、いい絵になりそうに思えるものでした。私はさっそく、その翌日から友人のボオトで島通いを始めました。いい題材を見つけた時に描くためにとっておいたカンバスをいだいて。

二日目、少女は私が島にくるのを知って、あとからボオトでやってきました。ボオトをこいでいた少女は、上気した顔をして、私を見つけると片手をあげました。私は少女が走ってくるのを見ていました。

――もしかしたら、このカンバスはあの少女を描くためのものではなかったろうか？　陽を受けて立っている少女を見ながら、そのとき私はふと考えました。

少女は私の描きかけたばかりの絵を見て立っていました。そうです。ほんとうはそうすればよかったのです。

しかし、私はやはり島の風景を描きつづけることにしました。

四日目、私は島に行けませんでした。というのは、例の友人が海岸から帰ってきたために、みんなでトランプを始めたりしたものですから。午後になると、急に強い風が出て、雷がなり、まもなく激しい雨が降りだしました。別荘の窓から外を見ると滝のような雨が降っていました。

しかし、一時間もすると、夕立は嘘のようにカラリと晴れました。

だれかが叫びました。青い空に、七色の虹が大きな架橋をつくっていました。木立ごしに見える湖にも、その虹の色がうつっていました。すると、その湖のほうからひとりの若い男が走ってきました。例の音楽会の夜、ギタアをひいたポンタというあだなの若者でした。

――おい、手を貸せよ。嵐の最中にボオトが転覆しちゃって、乗ってた人間が行方不明なんだ。捜してるところだよ。

私たちはみんな飛び出しました。みんな走りながら口ぐちに大声で云いました。

――なんだって、嵐の最中にボオトに乗ったんだろう？

話を聞くと、ボオトをこいでいる途中で嵐に会った模様でした。船宿の若者がボオトが出ているのに気がついて、嵐の最中にモオタア・ボオトを出したけれども、転覆したボオトだけ見つかって乗っていた人間は見つからないと云うのです。乗っていたのがだれか、ポンタは知らないと云いました。

――まさか？　と私は思いました。

しかし船宿について船宿のおかみさんがこう云った時、私はあぶなく何か大声で叫び出すところでした。

――山のほうの別荘のお嬢さんでしたよ。ええ、この二、三日、毎日乗っていらっしゃいました。島まで行くとかいって……。

なぜ、私はその日、島には行けないと少女に告げなかったのであろうか？　なぜ、島の風景なんか止めて少女を描くことにしなかったのでしょう？　しかし、それはなんべん繰り返してもしても仕方のないことかもしれません。少女は、その日も私が島に行ったと思ってボオトをこぎ出したにちがいありません。途中で急に嵐になる。少女の腕で、激しい嵐のなかをこぎ抜けるのは……。

少女の死体が見つかって二、三日してから私は島に行きました。しかし、私の画こうと思った風景はもうちっとも描きたくない風景になっていました。私はボンヤリその風景を眺めていました。すると木立の間を少女が走ってきました。片手をあげて、上気した顔をして。木もれ日を受けた少女は、笑いました。白い服を着た少女は、まるで妖精のようでした。夢のなかの人でした。

——少女を描こう。

私はそう決心しました。私が思い出すと、必ず姿を現わす少女を描こう。少女はどこにでもいました。教会のベンチの上に、林のはずれに、暗い湖畔の小道に、山の上に……。

私は風景のかわりに少女を描きました。実際に少女がいなくてもいっこうにさしつかえありませんでした。少女はいつも、私の前にいるのですから。その絵を私はある展覧会に出品しました。「白い少女」という題をつけたその絵は無事入選したばかりかたいへん好評を受けました。

ところが、展覧会が始まってから一週間ばかりしたころ、その絵を買いたいという人が出たので驚きました。もしかしたら少女の父親ではないかと思いました。少女の話だと、少女の父は大きな会社の社長でしたが、私が会ったのは、男ではなく女の人でした。少女によく似た人でした。私はもう知っていました。それは少女の母親にちがいない、と。音楽会の夜、少女はなにも云いませんでした。が、その後話を聞いて、少女の母が家出したのを知っていたのです。理由はなんにせよ。少女を捨てて行った母を私は好きになれませんでした。

——売れません。私はそう云いました。

——なぜです？　それにあの女の子をどうして知ってらっしゃるの？

——ともかく、売りたくないんです。僕はあの絵は一生手放しません。

女の人は驚いた顔をしました。私も少しばかり興奮していました。

——あの少女が死んだのをご存知ですか？　湖で、嵐の最中にボオトが転覆して死んだんです。

女の人はひどく驚いた顔をしました。しばらくひとことも口に出しませんでした。それからうつむいて何か低い声でつぶやきながら、ハンカチを目にあてました。

——ごめんなさい。

私はその女の人が低い声でそう云うのを聞きました。それは少女に向って云ったものでしょう。別れる時、私に小型の名刺を一枚くれて、手放すようなことがあったら、自分に連絡して欲しいと云いました。

——なぜ、こんなにあの絵が欲しいかと申しますとね……。

——わかってます、と私は云いました。ぼくにはわかっているつもりです。でも多分、手放すことはないはずです。

女の人に別れると、私は会場へ行って自分の「白い少女」の前に立ちました。それからベンチにすわりました。

私は初めて少女を見たときを思い出しました。切り通しの道にそった林に画架を立てかけた白い帽子をかぶった少女を。

——あなた、絵かきさん？

——いや、そのたまごですよ。

また、暗いなかにぐるぐるまわっていた懐中電灯の光を。

前に、私は少女が成長しないで、いつまでもいまのままでいたらどんなにいいだろうと思ったと云いました。そして、この時私は気がつきました。ほんとうに少女はそうなってしまったのだ、と。私の思い出す少女はいつまでたってもいまのままの少女であり、私の描いた少女は、いつまでもかわらないのだ、と。そして、少女はいつまでも私の夢の中にいるだろう。

秋のなかにいる娘

一年ぶりに別荘にやって来たタキは、ヴェランダの籐椅子に坐ってぼんやり湖を見ていた。午前の湖には波もなく、対岸の低い山がはっきり影を落していた。そのとき、タキは下の道を歩いて来る二人の人間に気がついた。一人は白髪の痩せて背の高い外国人で、パイプを咥えていた。もう一人は黒ずんだ褐色の髪をもった十六、七の娘さんで、外国人にしては小柄な方と云ってよかった。

二人は歩きながら、タキのいるヴェランダの方を見上げた。

——この別荘の持主もやって来たらしいね。

——そうね。

タキの方を見た二人は、そんな会話でも交しているらしい表情を浮かべた。

——新顔だな……。

と、タキの方はそんなことを考えた。タキの家では毎夏、もう七、八年近く別荘にやって来る。だから、下の道を通る人も大抵は顔馴染になっていた。しかし、その老人と娘さんは、それまで見たことがなかった。

——おじいさんと孫かな？

タキはその娘さん——というよりは少女と云った方がいいぐらいの——と老人を見ながら内心呟いた。それにしても、何国人だろう？

その湖畔には外国人別荘地と云う奴があって、外国人が毎夏集って来た。上海辺りから来る外国人も増えて、外人部落にはもう別荘の立つ余裕がなくなった。すると、次第にタキの別荘のある外人部落から三町ばかり離れた辺りにも別荘が進出して来た。自分が来られぬときは、一夏別荘を貸す連中もあった。だから、この老人と娘さんも、その組だろう、とタキは思った。

二人の姿が外人部落の方に見えなくなると、今度は二人の消えた方から、パンの包みを抱えたスミス氏の細君が歩いて来た。店で買物をして来たらしかった。スミス氏はタキの近くに別荘を持っていて、地方の大学の先生であった。スミス氏の細君はタキを見ると、頓狂な声で日本語で挨拶した。

——また来ましたね？　どうぞ、よろしく。

タキも笑って会釈した。

スミス氏の細君は丸まると肥って背が低かった。たいへん愛嬌のある顔をしていて、アイス・クリイムをつくるのがうまかった。タキは何度も御馳走になったことがある。

——ドナルドは？

——おお、彼はたいへん元気です。

スミス氏の細君は家鴨《あひる》みたいにお尻を振りながら行ってしまった。

スミス氏にはドナルドと云ってタキの同年輩の息子がいて、タキは彼と仲がよかった。が、二年ほど前に本国の——イギリスだが——大学に入るため帰ってしまった。タキも大学の一年生である。三年前、まだドナルドがいたころは、タキはよくドナルドをダック、ダックと云って揶揄《からか》った。ミッキイ・マウスに出て来るドナルド・ダックのつもりである。するとドナルドは——この野郎、とか云ってタキを追いかける。ドナルドは、日本語がとてもうまかった。ちゃんちゃらおかしいやとか、笑わせるない、なんて云った。

しかし、ドナルドの弟のジョオジは、ドナルドより六つばかり年下であるが、ソバカスだらけの顔に眼鏡なんかかけて、専ら本ばかり読んでいた。何の本かと思って見たら、「人間の歴史」とか、「易しい考古学」なんて云う題がついていてタキは吃驚した。そのころタキは考古学と云う単語を知らなかった。家へ帰って、コンサイスの辞書と相談してやっと判って驚いたのである。

スミス氏の細君の後姿を見ながら、タキはジョオジを想い出した。想い出した、と思ったら、ちょうどそのとき、ジョオジが外人部落の方から歩いて来た。去年より背が伸びて何だか分別臭くなったように見えた。手に本を持って読みながら歩いて来る。多分、母親と一緒に歩いていたのが、本を読みながらだから遅れたのだろう。

――ジョオジ……？

タキが呼ぶと、ジョオジは顔をあげた。まるで毎日会っているかのようにちょっと笑って点頭《うなず》くと、また本に眼を落してのろのろと歩いていた。が、急に顔をあげると、日本語で云った。

――プウルのところに狸がいるよ。

タキはちょいと面喰った。ジョオジが行ってしまうと、タキは一年ぶりの湖畔を歩いてみようと思った。

タキはその湖畔のホテルのヴェランダが気に入っていた。白樺で出来ていて、道から階段で上って行けるようになっていた。階段を上りがけに、下に見える窓ごしに注文しておくと、やがて注文したものが運ばれて来る。そのヴェランダからは、タキの家のヴェランダから見えるより遥かに広い湖の姿が望まれた。湖や山や雲を見ながら、冷い飲物を飲んでいると、爽やかな風が渡って至極のんびりした気持になった。

タキはプゥルに行ってみたけれども、狸なんかいなかった。ジョオジにかつがれたと判って苦笑しながら、そのヴェランダに上って行ったタキは、そこに先客を見出した。先客は先刻見かけた老人と娘さんであった。老人はパイプをふかしながら、娘さんと愉しそうに話していた。二人のテェブルの上には、アイス・クリイムの容器の他に紙に包んだ本らしい包みがあった。多分、外人部落の上の店で買って来たのだろう。

タキは二人から少し離れた椅子に坐って、湖の方を眺めながら二人の話を聞くともなく聞いた。しかし、それはドイツ語だったからタキにはさっぱり判らなかった。

——ドイツ人らしいな……。

タキはそんなことを思った。その娘さんはしかし、何となく混血児くさかった。すると、

——ハロオ。

と云う老人の声がした。誰に呼びかけているのかと振返ったタキは、呼びかけられたのが自分なので些か驚いた。すると老人は英語で、このホテルの前の林の木は日本語で何と云うかと訊ねた。

——カラマツ。

タキは答えた。老人と娘さんは二、三度、カラマツ、カラマツ、と繰返した。タキがドイ

ツ語では何と云うのか、と訊ねると老人は何か云ったがタキにはよく聞きとれなかった。その間、混血児らしい娘さんは興味深そうにタキの方を見ていた。

タキのテェブルに飲物が来ると、二人は立ち上った。それから、タキに会釈すると階段を降りて行った。タキはその娘さんの後姿を見ながら、不図、その娘さんは秋のなかにいるようだと思った。「秋のなかにいる」と云うのはタキがどこかで見た文句かもしれなかった。しかし、事実その娘さんを見たタキには、何故かそれ以外の表現はあり得ないように思われた。

タキは二人が下の道をゆっくり降って行くのを見送った。それから道の向う側の大きな落葉松林を眺めた。林には明かるい陽差しが落ち、林の遠くの空には白い雲が浮いていた。

——何故、秋のなかにいる、なんて思ったんだろうな？

タキは不思議に思った。

ある日、タキはジョオジと湖畔をぶらぶら歩いて行った。外人部落と逆の方向に歩いて行くと別荘も次第に疎らになり、巨きな樹木が生い茂って路もひんやり小暗くなる。すると、ジョオジが急に叫んだ。

——ミス・ダロオの約束を忘れてた。

——何の約束だい？

ジョオジはミス・ダロオに借りた本をその日の午前中に返すと約束していた、と云って帰って行ってしまった。タキも帰ろうかと思った。が、ついでだからともう少し歩くことにした。

路が曲がって、下に入江みたいに湖の一部が見降せる場所に出たとき、タキは足を停めた。先方の路傍の草に、あの娘さんが腰を降していたから。娘さんはタキの方を見ると、すぐタキとは判らなかったらしい。ちょっと小首を傾げて、タキが会釈するとやっと判って微笑した。

——散歩しているのか？

娘さんは下手な英語で云った。下手な英語を聞くとタキも安心した。例の老人は一緒ではないのかと訊ねると、祖父——と娘さんは云った——は昼寝をしていると云って笑った。それから、二人は一緒に歩いて行った。歩きながら、タキはその娘さんについて多少の知識を得た。

娘さんはタキの思っていたように混血児であった。父がドイツ人で母が日本人である。母は彼女が十ぐらいのときドイツで死んだ。彼女は四つのとき、両親とドイツへ渡ったきり、日本を知らなかった。半年ばかり前に母の国日本を見たくて、やっと祖父と一緒に日本で過すためにやって来た。いままで横浜にいて、あちこち旅行した。

そんなことを娘さんはたどたどしい英語で喋った。

——あなたの名前は？

——インゲ……、インゲ・プレスナア。そんな名前好き？

タキは別に好きでも嫌いでもなかった。しかし、いい名前だと云った。すると、インゲは眼を丸くして、ほんとうか？ と訊いた。タキはほんとうだと答えた。もしそれが他の名前でも、タキはそう答えたろう。インゲはそれから、タキのことをいろいろ知りたがった。タキは出来るだけうまく説明しようと努力したが、なかなかうまく行かない。ときどき、インゲは訝しそうな顔をして首を横に振ったりした。

——あなたがドイツ語が喋べれたら……。

とインゲが云った。

——あなたが日本語が判ったら……。

とタキは云った。そして、二人で笑った。

二人はやがて引返した。引返して暫く来ると、インゲは一軒の別荘を指して、ここが自分の家だと云った。タキは、それがデマァグ氏の別荘なのに気がついた。デマァグ氏は肥った大きな男で、横浜に店を持っているとか云う話であった。今年は別のところに行ってここをインゲたちに貸したのだろう。

別荘の前で、タキはインゲに別れた。インゲはタキの顔を見て、また会おう、と云った。タキは別荘の前の巨きな楡の木の下に立っているインゲを見て、やはり彼女は秋のなかにいると思った。何故か判らない。


その後、タキはちょいちょいインゲと一緒に散歩したり、泳いだり、ボオトに乗ったりした。タキがヴェランダにいると、前の道にインゲが姿を現わした。タキがヴェランダにいないときは、二、三分、前に立ってヴェランダを見上げていたりした。一度は、そのインゲの姿を見かけてタキの母がタキに教えてくれた。一度はタキがいなかったので、

——いませんよ。

と云った。むろん、インゲには判らない。判らないが、それと察したらしく微笑して立ち去った。

——温和しいお嬢さんね。

タキの母はタキにそんなことを云ったりした。

道で老人と一緒のインゲに会ったとき、インゲの祖父はタキの肩を叩いて、

——彼女は自分と一緒にいるよりも君と一緒にいる方が好きらしい。

と云って笑った。仕方がないからタキも笑った。インゲは祖父を睨む真似をした。事実、インゲはもう滅多に老人と一緒には歩かなかった。ホテルのヴェランダに坐るときも、タキと一緒のことが多かった。二人はそのヴェランダで坐る席を決めていた。もし先客があって、その席が塞っているときは、二人は顔を見合わせて渋しぶ別のテェブルに向った。

ある日、白樺でつくった椅子に坐って——坐り心地はよくないが——白樺の手すりごしに湖を見ていた。赤や白のヨットの帆が湖面を滑って行った。ヴェランダの上にも赤と白の陽除けが張られていた。対岸の緑のなかに、鮮やかにK・ホテルが白く見えた。

——あれは何？

——K・ホテル。

二人は、K・ホテルまでボオトで行って、アイス・クリイムを食べて戻ってくる計画を立てた。ボオトで三十分もかからずに行ける筈であった。が、そのとき、邪魔者が現われたのである。

——あら、ケンちゃん。

邪魔者はタキに親しそうに笑いかけ、傍のインゲを冷やかに黙殺した。それはケイコと云って、やはり湖畔に別荘のある一家の娘で、タキとは前から知り合いであった。

——このごろは専ら、あいのこのお相手ですって？

――止せよ、タキは腹を立てた。失敬だぜ。

――失礼しちゃうわね、とケイコはインゲを振返った。

タキが紹介しようとするより早く、ケイコはタキやインゲよりは大分うまい英語でインゲに自己紹介をした。最後に、彼女はこう云って得意そうに笑った。

――タキは私の恋人である。

タキはひどく面喰った。むろん、そんなことはなかった。何故ケイコがそんなことを云い出したのか、タキには判らなかった。タキはしかし、インゲの顔を見て黙って首を振った。否定のつもりで。インゲは何も云わなかった。黙って微笑した。二人が別に騒ぎ立てぬのを見ると、ケイコはますます治りがつかなくなったらしかった。

――タキと私は結婚する筈である。近い将来に。そのことをよく承知して貰いたい。

タキは驚いて、違うと云った。彼はインゲの唇が動くのを見た。しかし、言葉は聞こえなかった。インゲは静かに立ち上った。それから階段を速足に駈け降りた。

――インゲ。

タキは呼びかけて、後を追おうとしてテェブルに打つかった。ケイコが手を引っぱったから。その間に、インゲは走って行ってしまった。タキはむろん、カンカンに腹を立てたが、ケイコは滑稽らしく笑っていた。

――あたしの勝だわ、とケイコは云った。みんなと賭をしたのよ。二人を怒らせてみせるって……。

――君が男なら、引っ叩いてやるんだが。

タキは云った。タキには、ケイコの言葉をインゲが信用するしないはどうでもよかった。むしろ、インゲの前でそんなことを云ったことがインゲの気持をひどく恥ずかしめただろう、とそれが気になった。

それから何分か後に、タキはインゲの別荘に行った。別荘の前に暫く立っていた。が、インゲは見えない。仕方がないからドアをノックすると、中年のアマ（女中）が顔を出して、インゲはまだ戻らないと告げた。

――まだ戻らない。

タキはちょいと呆気にとられた。

タキは最初インゲと話を交した場所へと歩いて行った。確信はなかった。しかし、インゲはそこにいた。インゲはタキを見詰めた。タキはケイコの言葉は全部出鱈目だと説明しようとして、何だか莫迦らしくなった。そのとき、インゲが低声で云った。

――私の母はやさしい日本人の女でした。

タキは黙って点頭《うなず》いた。二人は別荘の方に戻り出した。インゲはやはり低い声で、ケイコはタキが好きなのだ、と云った。タキは大いに驚いて否定したけれどもインゲはそう思い込んでいるらしかった。

別荘の前で、インゲは云った。

――さようなら。

――K・ホテルは……

――いいえ、とインゲが云った。会わない方がいいの。あのひとのためにも。

扉が閉まったのちもタキは暫く立っていた。それから、矢鱈に腹を立てたり、淋しくなったりしながら歩いた。そして、内心、これからドイツ語を勉強してドイツに留学しようなんて勇ましい決心をしたりした。

会わない方がいい、と云っても通路だからインゲはタキの家の前を通った。しかし、タキが呼びかけても相手にならぬような素振りをした。が、ある夕暮、それはもう湖畔の夏も終り近いころだが、タキは前の道をゆっくり歩いているインゲを認めた。タキがヴェランダで見ていると、インゲはヴェランダを仰いだ。

――インゲ。

インゲは珍らしく立ち停まった。それから、明日、湖畔を去って横浜に行く、それから一週間後には日本を去る、と云った。タキは急いで道に降りた。道にはもう夕闇が立ちこめていて、湖の方から霧が流れて来た。二人はインゲの別荘の方に向って歩いた。

——ドイツに帰るのは嬉しいかい？

——ええ、とインゲは云った。でも、日本で過した半年のうちで、この土地が一番忘れられないでしょうよ。

インゲの別荘までは近すぎるように思えた。二人はその少し先まで歩いた。しかし、何も話すことはなかった。と云うよりは、タキに話すことがありすぎて判らないと云った方がよい。別荘まで引返したとき、インゲが云った。

——さよなら、あの女のひとに……。

——インゲ、彼女の話はみんな嘘だよ。

これにはインゲは何も云わなかった。インゲはタキの両手を握ると云った。

——この前、あなたがここから帰って行くとき、あたし、窓から見ていたのよ。あなたが見えなくなるまで。

インゲは扉口の電灯の下に立っていた。電灯の面を霧がかすめて流れた。夕暮は冷え冷えとして、もう秋であった。インゲは秋のなかにいる、とタキは思った。

インゲに別れて帰るタキは妙に淋しかった。何があったと云うのか？　何もありゃしない。

散歩して、ヴェランダに坐って、ボオトに乗って、泳いで——ただそれだけのことにすぎない。しかし、タキは妙に淋しかった。

スミス氏の別荘のところでジョオジに会った。ジョオジはタキを見ると、

——ランデヴウの帰りかい？

と云った。タキが黙っていると、

——ずいぶん、不景気な顔だなあ。ははあ、振られたね？　と笑った。

これはまだタキが大学生のころのある夏の記憶である。インゲと祖父はその翌日立ち去ったきり、消息は全く判らない。タキの家の別荘もいまは人手に渡っている。だから滅多に想い出すこともないのだが、たまにタキは想い出す。インゲを。インゲともっとこみ入った交渉でもあったら話は判るが、これで想い出すと云うのはどう云うことだろう？　タキにもよく判らない。しかし、タキは妙にインゲが忘れられない。またインゲを想い出すと、

——彼女は秋のなかにいた。

と思う。何故かよく判らない。

二人が立ち去る日、タキは御叮嚀にも駅まで車に同乗して行った。荷物を持ってやると云う尤もらしい口実を設けて。よく晴れた日で、プラットフォオムに立つと、山がよく見えた。

風があって、老人のパイプの烟が早く流れた。

——われわれは会って、また別れて行く。これが人生だ。

老人はタキを見て笑ってそう云った。

汽車が来ると、老人はタキと強く握手した。インゲも握手した。そのとき、インゲは低声で、ドイツ語で何か云った。タキが聞き返そうとしたとき、インゲは素早く車内に這入って行った。やがて、窓から覗いているインゲの顔が少しずつ動いてタキから離れて行った。タキは二、三歩追った。が、インゲの顔は次第に離れて行った。

そのとき、タキは初めて、彼女が異国の旅人なのだと悟った。おそらく、二度と会うこともないだろう筈の旅人なのだ、と。あるいは、インゲはいつも旅人らしい空気を身につけていて、そのため、タキが彼女を秋のなかにいるなんて感じたのかもしれない。

タキは覚えている。遠ざかる車窓からインゲの振るハンカチがカアヴに来て消えてしまったあと、暫くは気が抜けたみたいに、プラットフォオムのコスモスを見ていたのを。コスモスには一匹のトンボが秋風に揺れながらとまっていた。

早春

きょう、私は家の近くの雑木林に行って来ました。林の木は葉をすっかり落して、雑木林には明かるい日ざしがあふれていました。雑木林を歩くと、足の下で去年の枯れ葉が、カサカサと乾いた音をたてていました。その音を聞きながら、私は思い出しました。あなたの云ったことばを。

——枯れ葉を踏んで歩くといいね。

多分、そんなことばでした。多分、私はその枯れ葉を踏みに雑木林へ来たのかもしれません。まもなく春がやって来るせいか、雑木林にはなんとなく冬とは違って趣がありました。私は雑木林の切り株に腰を下ろして、しばらくぼんやりしていました。あたたかい日ざしをあびながら、遠くに、山が見えました。山の上の空には雲が三つか四つ浮かんでいました。そのうちのひとつは小鳥のようでした。そして、私は思い出しました。去年の秋のある日のことを。

それはよく晴れた秋の一日でした。私はお友だちの家に遊びに行った帰りでした。郊外電車の駅を降りて、家に向かって歩いていたとき、近道を通って大きな松林のなかを抜けて行く途中、私は一羽のすずめをみつけました。最初は気がつきませんでした。しかし、何か動いているので見ると、すずめでした。

すずめは、多分、空気銃ででもうたれたのでしょう、羽を傷つけていて飛べないのです。多分、うった人は、命中しなかったと思ったのか、それとも捜して来てわからなかったのかもしれません。私はすずめの幸運を喜びました。それから、すずめを静かに両手の上にのせました。すずめはじっとしていました。すずめの体温が私の手に伝わって、私はすずめをかわいらしく思いました。

——どうしようかしら?

私は考えました。が、ほんとうのところは、考えるまでもなく、家へ持っていって、介抱してやろうと思っていたのです。

そのときでした。あなたがやって来たのは。あなたはセエタアにズボンという恰好で、げたをはいた足で黄ばんだ草を踏みながら歩いて来ました。足音にふり返った私を見て、あなたはちょっと妙な顔をしました。

――……？

あなたは立ちどまると、私の顔とすずめを見くらべて、しばらく黙っていました。

――どうしたの？　と、あなたはやがて云いました。そのすずめ？

――ここに落ちてたんです。

私はあなたにすずめをとられやしないかとでも云うように胸のところにすずめを抱きました。

――ははあ。とあなたは笑いました。鉄砲にうたれたんだな。そう云えば、さっき空気銃持った若いやつが歩いていたっけ。

私は少し心配になりました。その空気銃を持った男に出会ったら、すずめをとりあげられてしまうかもしれない、と思いました。

――そのひと、まだ、このへんにいるんですか？

――さあね、もういないだろう。もう、三十分も前のことだから。ちょっと見せてごらん。

あなたは私の手からすずめをとりました。それから、すずめを見ていいました。

――羽をやられてるんだな、気の毒に。早くつれて帰って……ええと、君の家はこの近くなのかな？

――ええ。

私はうなずきました。私の一家がその郊外へ引越して来たのは、その一週間ばかり前のことでした。だから、あなたは私のことを、この付近では見かけぬ女の子だと思ったのでしょう。

——近くならいいや。とあなたは笑いました。早く帰って手当てをしてやったほうがいいよ。オキシフルで消毒して、それから何か薬を塗っときゃいいでしょう。

私はうっかり、あなたを若いお医者さんかと思うところでした。

——包帯は？

——さあ、そうまでしなくても、いいんじゃないかな？

私は、なんとなく、あなたにちょっとおじぎをして急いで歩き出しました。少し歩いてふり返ってみると、あなたはもう私に背を向けて、向こうのほうへ歩いているところでした。

そのときが、私があなたを始めて見たときでした。そして、家へ帰ってすずめに手当てしてやりながら、私はあなたのことを考えていました。なぜか、自分でもわからないながらも。

すずめには薬を塗ってやってから、ちょうどあいていた鳥かごがあったので、そのなかに綿をしいて入れてやりました。

——私のすずめ、と私はすずめに内心呼びかけました。早くよくなるんだよ。

すずめは目をパチクリさせて、ときどき、羽をうごかそうとしたりしていました。

私がそのつぎあなたに会ったのは、電車のなかでした。会ったと云うよりは見かけたと云ったほうがいいかもしれません。こんでいた車内がだんだんすいてきたとき、気がついたら、あなたが、私から二米ほど向こうの席にすわっていたのです。

——あら、ミスタア・スパロウだわ。

と、私は思いました。私はあなたの名まえを知りませんでした。だから、最初は、スズメさん、ということにしていたのですけれども、なんだかあっけないので、勝手にあなたのことを、ミスタア・スパロウなんて呼ぶことにしていたのです。

あなたは、何か本を読んでいました。

——なんの本かしら？

私はその本が何か知りたい気持がしました。本ばかりでなく、あなたの名まえも、何をしているかも……なぜそんなに知りたいと思ったのか、私にはわかりません。私のお隣にはお友だちのミカがすわっていました。ミカは私のひとつ手前の駅で降りるのです。

私とミカは隣どうしでおしゃべりしていました。でも、あなたを見かけてから、私とミカとのお話はなんだか少しトンチンカンになりました。なぜなら、私の耳にはミカのことばがよくはいらなかったのですから。

私は、あなたに私のすずめのことをなんと話せばよいか考えていました。あなたはどんなことをきくだろう？

——どうしたの？　あたしの云ったこと、わかって？

——うん、わかってるわよ。

私はミカに注意されてあわててうなずきました。けれども、ほんとうのところは、何もわかっていないのでした。

ミカが電車を降りました。ミカは窓の外から窓ガラスを三つトントントントンとたたきました。また、あした、と云うつもりで。私も内側からトントントンとたたきました。私は制服を着てカバンを下げて歩いて行くミカを見ました。ミカが見えなくなると、あなたを見ました。あなたはまだ本を読んでいました。

次の駅——それは私の、そしてあなたも降りる駅でした——が近づきました。私は少し心配になりました。

——だいじょうぶかしら？　本に夢中になって乗り越すんじゃないかしら？

私は立ち上がってドアのところに行きました。すると、あなたは本を閉じてかばんに入れると立ち上がって、私の立っているドアのところに来ました。私はひと安心しました。が同時になんだか落ちつかない気持がしました。

——……。

私が軽く会釈すると、あなたはちょっと妙な顔をして私を見ました。忘れてしまったのかしら？　そのとき、電車がとまってドアが開きました。

——やあ。

と、あなたは電車は降りながら明かるい声で云いました。

——こないだの……すずめのお嬢さんでしたね。

すずめのお嬢さんなんてへんだわ、と思いました。でも、私もミスタア・スパロウなんて呼んでいたのだから、おあいこかも知れません。

駅を出てから、私はあなたといっしょに少し歩きました。あなたはすずめのことをききました。私は、あなたの読んでいた本のことをききました。

——ああ、あれは……。

あなたは何か本の名まえをいいました。しかし、私にはよくわかりませんでした。いまなら私にはわかります。あれは建築のほうの本だったのだ、と。そして、あなたは若い建築技師でした。私はおぼえています。そのとき、あなたといっしょに歩いていたとき、切り通しの道の遠くの空に秋の日の輝いていたのを。そして、空が赤く染まって……。

——夕焼小焼っていう歌、知ってるかい？

とあなたが云ったのを。

私はあなたともっと歩きたいと思いました。でも、あなたは右に折れて行きました。私は左に。私は〝夕焼小焼〟ではなく、私の好きなショパンの話でもしたかったのだけれども、あなたは、曲がりかどでちょいと片手をあげて云いました。

——僕はこっちだ。じゃ、さよなら。すずめによろしく。

私は立ちどまって、あなたの後姿を見送っていました。あなたはふり返りませんでした。あなたがふり返ったら……あなたの姿が小さくなって、やがてまた曲がって見えなくなったとき、私はやっと歩き出しました。私が見送っていたのを、あなたは知らなかった。そのことは心のなかに、何か小さな秘密をいだいているように思えました。私だけのだれも知れない秘密を。そして、このときから、私は私だけの秘密を持ちつづけねばなりませんでした。

その後、私はちょいちょいあなたに会いました。散歩の途中に、通学の途中に、道で、電車のなかで。私はあなたが、モリ・タクヤという建築技師であること、絵をかくこと、音痴であること、ご両親や、にいさんご夫婦といっしょに住んでいること、などを知りました。あなたは知らないかも知れません。一度、ある日曜日に、私はあなたのおうちのほうに散歩しました。散歩した、というよりは、あなたのおうちを見に行ったのです。それは冬の始めの曇って寒い日でした。あなたのおうちは、すぐ見つかりました。青いかわらをのせた白い家が見えました。

カラタチのかきねごしに、芝生の植わった庭が見えました。夏なら——当分、窓が開いていて、もしかすると、あなたの顔がのぞいたかもしれません。芝生の上にあなたの姿が見られたかもしれません。けれども、窓はみんなしまっていました。けれども、それは寒い冬の日曜日でした。だれか見ていたひとがいたとしたら、あの小娘は、なんだってあんなところに立っているのか？ と変に思ったかもしれません。

——さよなら。

私はそっとつぶやいて、あなたのおうちの前を去りました。もしかしたら、あなたが出て来はしないかとふり返りながら。

多分、そのすぐあとだったと思います。あなたと帰り道がいっしょになって歩いていたとき、あなたがこんなことを云ったのは。

——あのけやきの木、まるで身ぶるいしてるみたいだね。

風の強い夕暮れでした。

風がぶつかると、けやきの木は本当に身ぶるいしているようにゆれて枯れた葉をたくさん宙に飛ばしました。枯れ葉は空に黒く舞っていました。

――人間が厚着になると、木のやつは裸になるんだよ。妙なもんだな。

あなたはそんなことを云って笑いました。

――ほんとね。

私も笑いました。すると、あなたは言いました。

――落葉の深まっている上を歩くと、気持がいいね。乾いた音がして……。

私が枯れ葉の上を歩くのが好きになったのは、あなたのことばを聞いたためなのです。これからも私は枯れ葉の上を歩くのが好きだろう。そして枯れ葉の上を歩くとき、私はあなたを思い出すのだろうと思います。多分、いつになっても。


私がそのひとを見たのは、母と町に買物に出たときでした。年の暮れで町は雑踏していました。私と母はあるデパアトにはいりました。私は母があちこち見てまわるのについて歩きながら、適当に私のものもねだるのを忘れませんでした。私が前からこっそり目をつけておいた手さげがありました。赤と白のフェルト地に皮をあしらったとても気に入っていたもので、それをどうしても買ってもらおうと思っていたのです。

母をそこまで引っぱっていったとき、私はびっくりしました。あなたが、歩いていたのです。しかも、ひとりの女のひとと。

——……。

多分、私はポカンと口をあけて、あなたとそのひとを見ていたのでしょう。母は私をつっいてたしなめました。

——なんです。せっかく、ひとを引っぱって来ておきながら……。

私は母の顔を見ると笑いました。いいえ、笑おうとしたのです。でも、それは変な笑顔だったかもしれません。

——どうしたの。

——ううん。先生かと思ったの。

私はうそを云いました。母は私のうそを信用した様子でした。そして、私は首尾よく手さげ袋を買ってもらいました。しかし、うれしくなかった。買物のあいだも、私はあなたとその女のひとのことが気になっていました。あなたとそのひとはすぐ見えなくなりました。けれども、私は洋装してきれいな若い女のひとの顔を忘れることはできませんでした。そのひとは、あなたと並んで、たのしそうに笑いながら何か話していました。あなたもたのしそうでした。

私は母の手前、なるたけ快活なふうをよそおっていました。が、なぜか心の奥のほうには、重苦しいかたまりがあるようでした。

その翌朝のことです。私があのすずめを逃がしたのは。私はすずめのかごのふたを開けて庭に出しました。すずめはもうすっかり元気になっていました。霜の降りた寒い朝でした。すずめはふたのあいているのを知らずにとまり木にとまっていました。私はすずめをつかまえると、かごの外に出しました。もう、私の手からパンをついばんで食べるくらいなれていました。

——さよなら。

そう云うと、私はすずめをつかんでいた手を開きました。すずめは少し面くらっているようでした。それから、元気よく羽ばたくと、庭の柿の木にとまりました。柿の木の枝で、ちょんちょんととんでいたかと思うと、また飛び立ちました。

——さよなら。と、私は云いました。さよなら、私のミスタア・スパロウ。

すずめはすぐ見えなくなりました。

すずめは見えなくなったけれども、あなたにはその後も何度も会いました。あなたは前と同じでした。私も——私も前と同じであるようにつとめました。すずめを逃がしたとき、あなたは云いました。

——まだ、あのすずめを飼っていたのかい？　すずめなんか飼ったっておもしろくないだろう。そりゃ、逃がしたほうがよかった。

私は笑っていました。でも、あなたは知らないのです。なぜ、私がすずめを逃がしたのか、その理由を。また、知らなくてもいいのです。なぜなら、これは私だけのだれも知らない秘密なのですから。ミカにだって話してないことなのですから。

おぼえていらっしゃるかしら？　私とミカといっしょのとき車内でお会いしたときのことを。やあ、と肩をたたかれてふり返ったら、あなたでした。あなたはミカがいるのにもかまわず、ひどいことを云いました。

——こんど、僕は九州のほうに行くんだ。当分お目にかかれなくなるよ。

奥さんをもらって、九州に事務所を持つのだと、あなたは説明しました。私は知っていました。奥さんになるひとは、あのひとだ、と。

——いつですの？

——何が？　結婚式はあさって……九州行は四日後だ。

もう何かも手はずが整っているらしく見られました。ミカに別れて次の駅で降りて、あなたといっしょに歩きました。いままでのように。あなたは明かるい声で、楽しそうにおしゃべりしました。あなたのその九州の都会にある事務所というのは、あなたが設計して建てた、たいへんすてきなものだとあなたは自慢しました。私はまだ見たこともない都会の、まだ見たこともない事務所ですわっているあなたが見えるような気がしました。

私がそのひととあなたのいっしょのところをデパアトで見たと云うと、あなたはちょっと驚いた顔をしました。が、苦笑を浮かべただけで、その事はなんとも云わず、いつもの曲りかどへ来ると、

——じゃ、さよなら。もう会えないかもしれないな、元気でいらっしゃい。

そう云うと、あなたは右に折れて行きました。私は左に。でも、私はじっと立ったままあなたの遠ざかる後姿を見ていました。いつかのように——あなたがふり返りはしないかと思いながら。しかし、あなたはふり返りませんでした。あなたが見えなくなったとき、私は気がつきました。もう二度とこのようにあなたの後姿を見送ることはないだろう、と。それから私はめちゃくちゃに走って家に帰りました。母が私を見てびっくりした声で云いました。

——まあ、泣いたの？

きょう、私は家の近くの雑木林へ行って来ました。あなたも知っている雑木林に。明るい、あたたかい日差しのあふれていた林も私の帰るころは少しばかり冷えて来ていました。なぜ、そんなに長いこと林にいたのか、私にもわかりません。家に帰ったら、母にしかられました。

多分、林に長いことといて、枯れ葉を踏んで歩いたりしたのでなんとなくあなたにあてたこ

んな文章を書く気になったのかもしれません。でも私にはわかっています。いいえ、始めからそのつもりでした。この文章はあした、雑木林に埋めて来るつもりなのです。だれも知らない私のささやかな秘密をつづったこの文章は、だれにも知られずにうずめられねばなりません。やがて、雑木林に散る葉と同じように、土となってしまうでしょう。でも私の心のなかに、カサカサと乾いた落葉を踏む音が聞えています。いまも、そして多分、いつまでも。

お下げ髪の詩人

イギリスのチャアルズ・ラムというひとに「なつかしい古い顔」という詩があります。子供のころから、いろいろ仲の良い友だちもあったけれど、みんな別れ別れになったり、なかには死んだものもあって、みんないなくなってしまった。昔の馴染みの顔が——という意味の詩で、たいへん有名な詩ですから、御存知の方があるかもしれない。いま、私は私のなつかしく思う古い顔を想い出しています。それを書いてみましょう。

キャロリンは信州のN湖のほとりにある別荘に住んでいました。普段は神戸に住んでいるのですが、夏のあいだだけ、湖畔の別荘に来るのです。金髪を長く伸ばし、それをお下げにして背中に垂らしていました。ときどき、そのお下げの先に、赤や青のリボンを結んでいました。キャロリンが歩くとき、そのリボンがゆれて、それはまるで彼女の背中に蝶がひらひらしているように見えました。キャロリンは、そのころ、確か十六才でした。背はあまり高くない。彼女の顔には少しばかりソバカスがあって、鼻がちょいとばかりツンと上を向いていて、美人とは云えなかったでしょう。しかし、彼女が笑うと、たいへん綺麗な歯が覗いて、可愛らしいと思われました。

キャロリンにはヘンリイという兄がいました。かれは十八才で、痩せてのっぽで、頓狂な声を出す若者でした。一度、彼は道を歩いていた私のすぐうしろから、その頓狂な声を張り上げたので、私は吃驚仰天、聾になるかと思ったことがあります。

私はこのヘンリイとよく一緒に湖で泳ぎました。ヘンリイは、湖畔の外人たちが催す水泳大会で百米自由型に優勝しました。その記録がどの程度のものだったか、私は憶えていません。が、どうせたいしたものではなかったろうと思います。

私はそのころ、昔の中学校を出て大学の予科の学生になっていました。一体、どういうきっかけでヘンリイと友だちになったのか、一向に記憶がありません。ヘンリイは、本当はもう本国の——というのはアメリカですが——大学に入学するために海を渡って帰国している筈でした。しかし、何でも二年ばかり病気になって遅れたとかいう話でした。

——僕はエンジニアになるんだ。

ヘンリイはそう云っていました。

——君は?

――僕は大詩人になるんだ。

私はそう答えました。

――詩人？　ホッホオ！

ヘンリイは頓狂な叫び声をあげると、眼を丸くして何遍も首を振りました。実際のところ、私は自分が何になるか、よく判らなかったのです。しかし、ヘンリイを少しばかり驚かしてやるつもりで、大詩人になると云ったのです。が、ヘンリイの態度は明らかにこの未来の大詩人を侮辱するものでありました。私が些か面白くない顔付をするのを見ると、ヘンリイは私の肩を叩いて、

――実は自分の妹も詩人なんだ。

と、云って私を吃驚させました。

私がキャロリンを詩人だと知ったのは、そのときが初めてでした。それまで、私はキャロリンをヘンリイの妹だとは知っていましたが、何の関心も持っていませんでした。

キャロリンは、頓狂な声を出すヘンリイとは違って、たいへん静かな話し方をする少女でした。私は彼女が背中の蝶のようなリボンをひらひらさせながら、樹立のあいだの小径をひとりで歩いているのを、よく見かけました。ときには、手にノオト・ブックを持っていることもありました。

——ハロオ。

小径で会って声をかけても、キャロリンはちょいと微笑して点頭《うなず》くぐらいで、ヘンリイのように、インデアンじみた叫び声を出すことはありません。またときには、彼女は湖を見降せる山の中腹あたりの樹立に凭《もた》れて、ぼんやりしていることもありました。

——君の妹は、たいへん温和しいね。

あるとき、私はヘンリイに云ったことがあります。そのときヘンリイは、何も云わず黙って点頭いたばかりでした。

私はキャロリンを、ただ温和しい、他の少女たちとは少しばかり変った娘だとしか思っていませんでした。ところが、彼女は詩人だったのです。

——一体、どんな詩を書くんだい？

私はヘンリイに訊ねました。するとヘンリイは肩をすくめて——そういう恰好をすると、彼が如何にも自分は大人だと云っているように見えるのですが——たいへんつまらないことを書いているのだと云いました。

——そうだ、君に彼女が十才のときつくった詩を見せてやろう。

そう云ってヘンリイは私を自分の家につれて行きました。湖畔に低い山があって、外人別荘はこの山の下から頂上にかけて散在しているのですが、ヘンリイの家はちょうどその中腹にありました。私は家には這入らず、彼の家の傍の小さな空地のような庭の片隅においてある白樺のベンチに坐りました。巨きな樹立ごしに湖が見え、湖には大抵いつも赤や白のヨットの帆が浮いていました。

——これだよ。

ヘンリィは、日頃に似合わず神妙な声で、私にうすっぺらなパンフレットを差出しました。

それから、これはキャロリンには内緒だぞ、と云いました。

私はそのパンフレットを見ました。それはこの外人別荘地の連中が出している夏の記録のようなもので、これはキャロリンが十才のときと云うのですから、そのときから六年ばかり前のものでしょう。私は早速頁をパラパラとやって、キャロリンの詩を読みました。それは「紳士方への忠告」という題の詩でした。いま、私はそれをはっきりと憶えていないので、そのまま引用出来ないのをたいへん残念に思います。が、大体のところは次のような意味のものでした。

紳士方よ、水泳をしなさい、貴方の健康のために、そして頭を冷すために。
紳士方よ、ゴルフをしなさい、貴方の健康のために、そして心配を吹きとばすために。
紳士方よ、早起きをしなさい、……

ざっとこんな調子で十箇条ばかり、紳士への忠告が竝《なら》んでいました。私はどうも変った詩だと思いました。それはちゃんと韻を踏んでいました。

――どうだ?

ヘンリイは私の顔を覗き込んで笑いました。私もつられて笑いました。それから、なかなか面白いとお世辞を云いました。ヘンリイはピュウと口笛を吹いて、韻を踏んでいる点だけは感心だと云いました。

――彼女の最近の詩はないのかい?

私が訊ねるとヘンリイは肩をすくめて、それは私が自分でキャロリンに頼んだ方がいい、と云いました。

その後、私は何とかしてキャロリンの新しい詩を見たいものだと思いました。しかし、何と切り出したらよいものだろう?

ある日、私は湖畔のベエカリイで珈琲を飲んでいました。他に客は一人もいない、静かな午後でした。すると、急に空が曇って、大粒の雨が落ちて来ました。殆どそれと同時に、三、四人の外人が店にとび込んで来ました。みんな、カウンタアの前に立ったまま、ハンカチで頭や服を拭きながら、賑やかにお喋りしていました。するとそこへキャロリンがとび込んで来ました。彼女はかなり濡れていました。前に這入って来た連中は、キャロリンを見ると、大声をあげて彼女の髪や服を拭いてやり、なかには彼女のお下げを片手で振ってみた男もありました。

多分、キャロリンは大人たちと一緒にいたくなかったのかもしれません。彼女は私を見ると、私の方にやって来ました。私が坐るように云うと、彼女は「有難う」と云って、私の前に坐って、俄雨《にわかあめ》で波立つ湖を眺めました。珈琲を飲むか？と訊ねると要らないと云いました。私はこの小さな詩人のソバカスのある顔を見ながら、うまく彼女の詩を見せて貰うには、何と云ったらよいものかと考えていました。

彼女の話だと、彼女は散歩に出てN村へ歩きかけたとき雨が降り出したので、急いで引返したのだということでした。

ところが、たいへん好都合なことが起りました。というのは、先にとび込んできた三、四人のなかに一人、私の英語の先生がいたのですが、この先生のルウベンさんが私達の方にのこのこやって来たのです。ルウベン氏は私に、

——キャロリンは詩人だが、君は知ってるか？

と云ったのです。それから、この湖畔の最大の詩人だと冗談を云って笑うと、また向うへ行ってしまいました。

──詩を書いているのかい？

私はそう訊ねました。彼女はちょっと点頭きました。が、あまりその話はしたくないようでした。

──僕は詩人になるつもりなんだ。

──ほんとに？

──ほんとさ。

私はヘンリイのときと違って、「大詩人」と云うのは見合せました。キャロリンは、ヘンリイから私が大詩人になるのだという話を聞いた、と云いました。しかし、ヘンリイが冗談を云っているのだと思って、本気にはしていなかったと白状しました。そこで私もちょいと間誤つきました。私自身、本気で云ったわけではなかったのですから、しかし、このときは何だかそれが本気のように思われ出したから妙なことだと思います。

しかし、もっと間誤ついたのは彼女が私にどんな詩を書いているか、見せて欲しいと云ったことです。これでは話がアベコベというものでしょう。私は正直のところ、詩を読むのは好きでした。小説を読むのも好きでした。しかし、詩は一篇も書いたことはありませんでした。

私は、詩人になるつもりだが、まだ詩は書いたことはないと白状しました。その替り、ある偉い日本の詩人の詩を彼女に紹介して、そんな詩をつくりたいのだとつけ足しました。尤も、彼女に紹介するためには、むろん、英訳しなければなりません。その英訳がどんなものだったか、いま考えると何だか足の裏がムズムズして来る気がするのですが、それでもキャロリンは詩人だけあって、私の下手くそな英訳を聞きながらちゃんと理解したらしい様子でした。そして、たいへんいい詩だと思う、と感想を述べました。そう云うときのキャロリンは小娘のくせに、何だかひとかどの批評家のように見えました。

私がキャロリンの詩を見たのは、それから二、三日した日の午前でした。ちょうど、その日は午後から水泳大会があるので、湖畔のボオト・ハウスには何人かの役員が集っていて、大声で準備の打合せをしていました。

私はキャロリンと、そのボオト・ハウスの桟橋の上で詩を見せて貰う約束をしていたのですが、うるさいので山の上のゴルフ場――と云っても小さなものですが――に行くことにしました。

ゴルフ場の外れには松の木が何本か立っていて、また手頃な切株もあります。私たちはその切株にお尻をのせて、私はキャロリンのノオト・ブックを開きました。しかし、生憎なことに、彼女の詩をよく憶えていないのです。何でも「湖」という詩がありました。朝の湖、昼の湖、夕方の湖、夜の湖、と四節から成っていたと思います。

それから「鳥のように」という詩がありました。

鳥のように私は歌いたい、美しい樹立のなかで、清らかな流れのほとりで――

というようなものだったと思います。正直のところ、いい詩だったのかそうでなかったのか、私にはよく判らなかったでしょう。しかし、それは素直なきれいな感情の溢れた詩だったことは間違いありません。私はそうキャロリンに云いました。キャロリンは、たいへん嬉しそうに笑いました。

このとき、私はうっかりして、彼女の「紳士方への忠告」という詩を読んだが、あれに較べると遥かにこっちの詩の方が詩らしいと思うと云いました。

――どうして知ってるの？

そう云われて私はしまったと思いました。ヘンリイは内緒だぜと云ったのですから。

私たちはそれから山を下りました。私は私の前を行く――小径が狭いところでは――キャロリンのお下げがゆれるのを見ながら、何遍か、そのリボンを引っぱってみたい気持を覚えました。

その日の午後、私はキャロリンと一緒に水泳大会を見物しました。尤も、ヘンリィは私のところにやってきて、拳闘の真似をしましたが、むろん、例の詩のことでふざけ半分に怒って見せたのです。それから、彼は傍にいる連中に、私が大詩人になるのだと吹聴しました。みんな——というのは何れも十六、七の連中でしたが——呆気にとられたように私の顔を見たので、私はたいへん面喰い、狼狽しました。

水泳大会の行われるのは、ボオト・ハウスの桟橋から五十米ばかりの湖面でした。プウルなんてありませんから、桟橋から五十米ばかりのところにブイを幾つか浮かせ、そこに網が張ってあります。だから、タアンすると云っても、勇ましい格好なぞむろん出来ません。網のところまで泳いで行って、それからもそもそと引返してくるのです。

最初はちっぽけな子供たちの競泳がありました。が、これは何が何だかよく判らないもので、みんな矢鱈にパチャパチャやっているだけでした。それでも一等、二等、三等と賞が決まったのには驚きました。つまり、一番長い時間、水のなかにいたのが一等でした。

それから平泳とか背泳とか自由型とか、いろいろありました。背泳は選手が三人しかいなかったので、三人とも賞に入りました。百米自由型では前にも云ったようにヘンリィが一番になりました。ヘンリィはたいへん得意でした。また、驚いたことに、いつも温和しいキャロリンが跳び上って手を叩きました。そのときは彼女のお下げが猛烈にピョンピョンとはねました。

平泳のときは頭の禿げた親爺も若い連中も一緒で、十人ぐらい泳ぎました。そのなかの一人は網のところまで行っても引返さないで、網の下をくぐってずっと先の方まで行ってしまって、みんな大騒ぎしました。あとでヘンリイの教えてくれたところによると、その選手――ビルというのですが――は普段から潜水が得意で、水に潜ったまま何米とか、何十米とか泳げると自慢していたのだそうです。きっと、沢山の見物人を前にして、ビルは日頃の自慢を実地に証明しようと意気込んでいたに違いありません。ビルが水から上ったとき、見物人は大喝采で迎えました。

その夜、私はひとりでボオト・ハウスの桟橋に行ってみました。昼間、沢山のひとがいて賑やかだったその辺りは、ひっそりと静まり返っていました。桟橋の先端にひとつ、裸電球が灯っていて、その光のなかを霧が流れるのが見えました。私はキャロリンの夜の湖を歌った詩でも想い浮かべていたのかもしれません。

するとそこへ、ヘンリイが父親のカアルスン氏と湖畔駐在の警官一人と一緒にやってきたので驚きました。カアルスン氏は、この日の水泳大会の記録係で、ストップウォッチを押していたのですが、その時計を桟橋の電柱にかけ忘れたまま帰ったというのです。それに気づいて桟橋にとりに戻ったら見当らないので、警官に届けてもう一度一緒に来てみたということでした。

——コノハシラ、ココニカケマシタ。

カアルスン氏は警官にそう説明しました。警官もちょっともてあましているように見えました。ヘンリイは低声で私に、うちの親爺はたいへんそっかしいのだ、と告げました。私はカアルスン氏を、むろん知っていました。肥って禿頭のたいへん快活な人物でした。カアルスン氏と警官が引上げるとき、ヘンリイは私と残りました。二人は桟橋に坐って話をしました。どんな話をしたのか、よく憶えていません。ただヘンリイが、

——妹の詩を君が読んだって聞いたよ。

と、云ったのを憶えています。

ストップ・ウオッチは翌日出て来ました。他の係のひとが気を利かして保管しておいたのです。

その夏の終りまで、私はヘンリイやキャロリン、またその他の何人かの連中と愉快に過しました。キャロリンとは、そうたびたび話を交したわけではありません。しかし、長いお下げを垂らした彼女が散歩しているのを見ると、私は、彼女は詩人でいまも詩を考えているのだろうと思いました。彼女の詩はその後、見ませんでした。私はヘンリイと一緒に過す方が

遥かに多かったのですから。しかし、心のなかでは、キャロリンと一緒の方が遥かに多かったから妙なことだと思います。キャロリンと一緒——つまり、あるいは私は幾らか詩人になっていたのかもしれません。

一度、彼女と一緒に散歩して別れるとき、彼女は「さよなら」と云って笑うと二、三回くるくると廻りました。長いお下げが大きく輪を描いて、リボンが舞いました。キャロリンを想い出すと、私はこのときのキャロリンの姿が眼に浮かんで来ます。

その翌年、私は再び湖畔に行きました。が、ヘンリイもキャロリンも見当りません。いやカアルスン氏の別荘には他のひとが這入っていました。私は一人の友人から、カアルスン一家が本国に帰ったのだと知らされました。だから、私と彼らとの交渉は大変呆気ないものでしかありません。もっと面白い話でもあればいいのですが、これだけなのです。しかし、いろいろ交渉があったからと云って「なつかしの古い顔」として甦らないひともあるし、ほんの些細な交渉しか持たなくてもいつまでも記憶から消えないひともある。

これはもう大分前の話ですから、キャロリンもむろん、大分年をとった筈です。ヘンリイもまた。彼女はもう詩など忘れたかもしれません。しかし、私の記憶に残るキャロリンは、長いお下げを垂らした十六才のままのキャロリンです。私は彼女がお下げのリボンをひらひらさせながら歩いているのを見ることが出来ます。そして私は呟きます。

――ああ、詩人のキャロリンが歩いている。詩を考えながら。そして、あそこに僕の青春のかけらがあるのだ。

と。

風の便り

私は一匹の犬を飼っていました。犬の名前はタロオといいました。雑種で、上等の犬ではありません。しかし、その犬は悪い犬ではありませんでした。かなり利口で、それに行儀も悪くない。私はそのころ、よくタロオをつれて散歩しました。散歩するのは大抵、麦畑のある丘の辺りでした。

私の家から五、六分も歩くと住宅がなくなって、広い麦畑の丘に出るのです。麦畑——といっても六月ごろ収穫がすむと、今度は別の野菜か何か植えてあります。しかし、別のものが植えてあっても、私は「麦畑の丘」と呼んでいました。麦畑の丘の下には小径があって、私はこの小径を歩きました。麦畑と反対の方は雑木林になっていて、この雑木林のなかもよく歩きました。タロオは——行儀のいい犬なのですが、雑木林に這入ると妙なことに、あっちこっち香を嗅いで、決まって一本の太い欅の木の根元におしっこをひっかけました。

——またかい。

と、私はタロオに云います。しかし、タロオは私の言葉など聞えないのか、もう一度か二度、香を嗅いで満足するのでした。

ときどき、私は林で拾った棒っ切れか何かを遠く投げてタロオに拾って来させることもやりました。私が投げるのを見ると、タロオは一目散に走って行きます。タロオは――利口な犬の筈なのですが――よく私の投げた棒っ切れではない、他のものを咥えて戻って来ました。それは松ぼっくりだったり、鼻緒の切れた下駄だったりしました。ときには、何も咥えないで申訳なさそうに戻ってくることもありました。

麦畑の丘に上ると、遠くの山が見えました。また、工場らしい建物とか、神社の森らしいものとか、林や畑や部落とかが見えました。麦が黄ばんだころ、この麦畑の丘に立つのが私が好きでした。風が吹くと黄色い麦ばたけは一斉に波のようにゆれ動いて、そして、麦畑のあちこちに立っている背の高い樹立もその葉を翻えしました。そんなとき、私は何となく「誰かと誰かが麦畑……」で始まる麦畑の歌を想い出したりしました。その歌を知らないタロオを何を考えていたのか、判りません。タロオは大抵、私の傍にちょこんと坐って、風に吹かれていました。

また麦を刈り入れるころ、麦畑の丘に上るのも悪くありませんでした。麦畑には農夫やそのお神さんとかがいて、麦を刈っていました。英国のワアズワスという詩人に、ただひとりで麦を刈りながら歌を歌っている乙女を詠った The Reaper という詩があります。その乙女の歌うもの悲しい調べが永く消えないで心に残るのです。しかし、私が麦畑に立ってものの悲しい歌声は聞えませんでした。タロオが、何かの弾みで吠えるぐらいでした。しかし、私は何となくそんな詩を想い出したりして、丘を下るのでした。

私の散歩の道順は大体決まっていました。私はそのころ大学生でした。むろん、早く帰るときもあれば、おそくなることもあります。が、早く帰ったときはいつも、お決まりのコオスを散歩しました。

——タロオ。

と呼んで鎖から放してやると、タロオは猛烈な勢でとび出して行きました。そして私が外へ出て見ると、遠くの方で盛んに尻尾を振って見せました。一度は猛烈な勢でとび出したところへ、自転車に乗った男が通りかかって、その男は危く塀に打つかりそうになりました。むろん、私は大いに謝まらねばなりませんでした。

ある日、それはもう秋の初めのころですが、信州の湖畔から戻った私は、久し振りにタロオをつれて麦畑の丘に上りました。もう麦はありませんでした。麦のない麦畑はあまり興味がない。私はこんどは雑木林に行きました。それから、雑木林を出ると、畑の間の小径を歩いて行きました。それは、いつもの道順とは違っていました。が、久し振りだったせいか、何となく遠くまで歩いてみる気になったものでしょう。

風には秋の香がありました。秋の香のする風のなかを歩いて行くと、とうもろこしの葉が、かさかさ鳴ったりしました。また、黄色いダリヤに似た花がどっさり咲いていたりしました。私は路傍にひとつ、凹んだゴムマリが落ちているのを見つけました。そこでタロオにそれを見せると、力一杯投げました。ゴムマリは左手の林のなかに落ちて行きました。タロオは私が投げるより早く、とんで行きました。

——……？

私は妙な気がしました。いつもなら、タロオはすぐ戻って来る筈なのに、そのときはなかなか戻って来なかったからです。

——どうしたんだろうな？

私は林の方に歩いて行きました。背の高い雑草や溝の切れ目から林のなかに這入った私は、ちょっと吃驚しました。そこにタロオがいました。しかし、タロオだけではありませんでした。一人の少女がいました。タロオはその少女に頭を撫でられていい気持になっている様子でした。

——だらしない奴だな。

私は少しばかり腹を立てました。肝腎のゴムマリのことなんか、すっかり忘れているらしかったからです。

――タロオ。

タロオは振向くと、一目散に走って来ました。それから、今度は少女の方を見ると、また私を見上げて尻尾を振りました。少女は林のなかに立ったまま、私とタロオを見て、ちょっと困ったような顔をしていました。それは十六、七のほっそりした娘さんでした。

――可愛い顔した犬ですわね。

と、少女が云いました。

――タロオって名前です。

私は教えてやりました。

――うちに前いたのは、レオっていう犬だったけど……。死んじゃったのよ。

――犬、好きですか？

少女は黙って点頭きました。それから、タロオを呼びました。タロオは私の許可を得ないでその娘さんのところにとんで行きました。タロオの奴め、少しだらしがなさすぎるぞ、と私は思いました。が、一方妙な気もしました。大体タロオは、知らぬひとにはあまりなつかない犬なのです。が、その少女には莫迦に愛想のいいところを見せていました。

――ときどき、こっちの方にいらっしゃるの？

――いいえ、と私は云いました。今日初めて。

少女は腕時計を見ると、

――じゃ、さよなら。さよなら、タロオ。

と云いました。そして林のなかを歩いて行きました。私はワンピイスを着た少女の可愛らしい後姿を見ていました。どこに行くのだろう？　多分その近くに少女の家がある筈でした。私はタロオを呼ぶと、少女と反対の方に歩き出しました。

――さよなら。

振返ると遠くで少女が手を振っていました。私も手を振りました。

その二、三日後、私はタロオをつれて散歩に出ました。どういうものか、私はもう一度あの林に行ってみようと思いました。多分タロオの奴も同じことを考えていたかもしれません。先に立って、どんどん林の方に行くのでした。ときどき立ち停まっては私の方を振返りました。それはまるで、

――どうです、私の案内に間違いはないでしょう？

とでも云っているらしい様子でした。しかし、林に少女はいませんでした。私は林のなか

を歩き、林の向う側に出てみました。出てみると、そこには路があって、路の少し先に一軒の家がありました。それは薔薇をからませた白い柵のめぐらしてある家でした。その家の先にも疎らに何軒か家がありました。そして、どこの家からかピアノを弾く音が聞えました。私はそのピアノの音に耳を傾けながら、暫くぼんやり立っていました。

——タロオ。

私は吃驚しました。タロオは一散に白い柵のある家の方に駈けて行きました。私は立ったまま、タロオと呼ぶ声のした方を見ました。すると、白い柵のある家の白い門のところに、あの少女が姿を現わしました。タロオは、少女にとびついて盛んに尻尾を振っていました。

——やっぱり、タロオだったのね。

少女は私の方を見て笑いました。少女の話だと、彼女は部屋の窓から外を見ていたらタロオらしい犬が見えたので呼んでみたのだ、ということでした。

——ここが、あたしの家。

——ふうん。

私は青い瓦をのせたその家を見ました。

——待ってらっしゃい。

少女は家のなかに戻って行きました。すると、今度はビスケットを持って戻って来ました。

そのビスケットをタロオは大喜びで食べました。あまり嬉しそうに食べるので、私は少しばかり恥ずかしい気がしました。しつけが悪いような気がして。

——お前は少し食辛棒すぎるぞ。

と、私は内心タロオを叱りつけました。

そのとき、家のなかから女中らしい肥った白いエプロンをかけた女のひとが出て来ると、少女に云いました。

——お休みになってないといけませんことよ。お母さまに叱られますよ。

——この犬、可愛い顔しているでしょう?

——はい。でも、私はもっと小さい犬の方が好きでございますよ。さあ、もう這入りになって……。

私は最初、女中が何を云っているのかよく判りませんでした。少女はタロオの頭を撫でると、私を見て笑いました。

——また、来て下さるわね?

——うん。

少女が家のなかに引込むと、女中は何のためか私を摑まえて、少女は病気なのだ、と云いました。そして、本当はいまごろはベッドで安静にしていなくちゃいけないのだ、とも云いました。

——犬にビスケット有難う。

私は礼を云って引返すことにしました。

——でもね、と女中は云いました。夕方はちょっと散歩ぐらいしてもいいんですよ。

私はその人の好さそうな女中に別れを告げると、林のなかに引返すことにしました。ピアノの音はまだ聞えていました。それが何の曲だったか、私は憶えていません。

その後、私の散歩道は少女の家の方まで延長されることになりました。タロオはもうすっかり心得顔で、先に立って歩きました。散歩するたびに、私の歩く田園の風景は秋の色に染められて行きました。

少女は林にいることもありました。いないこともありました。いないときは、タロオは少女の家の前まで行って吠えました。すると少女が出て来るのです。私たちは林の外れの草地に坐って、少しばかり話をして、それから別れるのでした。草地の前は水田になっていて、その先に郊外電車の土堤がありました。ときどき、チョコレエト色の郊外電車が通りました。少女は早く良くなって電車に乗って賑やかな街を歩きたい、と云いました。私はときどき、私の見て来た都心の街の様子を少女に話してやりました。

——こないだKに行ったら、D山が坐ってたよ。吃驚しちゃった。

——ほんと？　一人で？

——いや、つれの男のひとと。D山はそのつれの三倍くらい大きかったよ。

少女はくすんと笑いました。Kは銀座にある大きなレストランで、D山というのは大変図体の大きい力士でした。また、こんな話もしました。

——こないだ銀座を歩いていたら、女の人がコリィなんかつれて歩いてるのさ。みんな吃驚してじろじろ見てたよ。

——コリィを……？　何だってつれて来たのかしら？

——さあ、何故かなあ？　多分、もの好きなんだろう。

少女の身体のこともあるので、私達が一緒に草地に坐っているのは極く短い時間でしかありませんでした。少女はベッドに横になっているときの方が多いようでした。そのときは臥たまま鏡を使って窓の外を見るのだ、と云いました。鏡をうまく操ると、空の雲だとか、コスモスだとか、林の前とか、いろんなものが映って気が紛れるということでした。

——でも、少ししか映らないから、つまんないわ。

私が少女と別れてタロオと一緒に帰るとき、麦畑の丘の辺りまで来ると、丘の向うの空には、いつもオレンジに淡く色づいた雲が浮いていました。雲は濃いオレンジに変り、紅く焼け、そして灰色に崩れて行きました。

　何度目かに林に行ったとき、少女はタロオが吠えても出て来ませんでした。もう、林の樹立も秋の色に変って、林の草も黄ばんで来ていました。その黄ばんだ草を踏んで私はタロオを呼びに、少女の家の方に歩いて行きました。すると、タロオが走って来ました。タロオは首輪に妙なものをつけていました。それは毛糸で編んだ小さな赤い袋でした。

　――何だろう？

　私はその袋のなかのものを出してみました。それは手紙でした。便箋一枚に簡単に、医者の命令で外出禁止になってたいへんつまらない、でも早くよくなるつもりだから、ときどき散歩に来て欲しい、御眼にかかれない替りに赤い袋を通信袋にする、タロオは私たちの郵便屋だ、というようなことが書いてありました。袋の受け渡しは、あの肥った女中がやってくれるらしい模様でした。

　――お前が郵便屋だって？

　私はタロオを眺めました。タロオは私を見上げて、二度ばかりワンワンと吠えました。

　この赤い袋は私の気に入りました。私はそれに、私が雨や学校や電車のなかとかで見聞した愉快な話を、書いて入れることにしました。憂鬱な話とか悲しい話は書かないのです。少女は多分、鏡に映るささやかな外界を眺めて気を紛らわしているだろう。私の通信はその少女にとって、鏡に映る外界よりももう少しましな気晴しになるだろう、そう思って私は満足しました。事実、少女は私の通信をたいへん歓びました。少女の手紙には、とっても面白くて何遍も繰返して読むのだ、と書いてありました。どんな話を書いたのか、もうはっきり憶えていません。が、私の友人がお猿と睨めっこをした話とか、電車のなかで一人の奥さんが編み物をしているとき、その毛糸の玉が遠くまで転がって行った話とか、そんな話だったと思います。

タロオはちゃんと郵便屋の務めを果しました。私はタロオが任務を果すたびに、パンを一切やりました。タロオはパンが大好きだったからです。しかし、この郵便屋は雑木林の欅の木のところに行っては、片足をもちあげて行儀の悪いことをやる。その癖はどうしてもなおりませんでした。

少女がその家にいなくなったのは、私が四度目か五度目の通信を赤い袋に入れて出かけたころだったと思います。そのとき、赤い袋はいつもよりふくらんでいました。どっさり、通信がつまっていたからです。一週間ばかり雨が降りつづけたため、私は散歩を中止していました。そのため、少女に送る話の方も沢山たまったというわけです。多分、雨の最中でも行った方が良かったのかもしれません。

雨が止んで二日ほどして、私はタロオをつれて散歩に出ました。何故、すぐ行かなかったのか？　多分、悪友に誘われて帰りがおそくなったのかもしれません。

タロオは久しぶりの散歩に、たいへんはしゃいでいました。雨のせいか、田園は一段と秋の色を濃くしていました。薄の穂が風にゆれ、青い空にはとんぼが沢山とんでいました。少女の家の傍の林が見え始めると、タロオは頻りに尻尾をふって私を見上げました。

――タロオ、行け。

タロオは素晴らしい速力で林のなかに駈け込んで行きました。私はそのあとから、ゆっくり歩いて行きました。林のなかに這入ると、それまで蔭の多かった林が、莫迦に明るく感じられました。もう葉が落ち始めたのだろうか。どうしたのか？　実際は林が黄葉したためのようでした。私は明るくなった林のなかを歩きました。タロオはなかなか戻って来ませんでした。私は少女の家の方に歩いて行きました。路に出ると、白い柵をめぐらした家の前にタロオが坐っていました。

――どうしたって云うんだろう？

私はタロオを呼びました。タロオは何だか元気のない様子で走って来ました。私は少女の家の方を見ました。タロオが吠えました。が、誰も出て来ない。何か得体の知れない不安が私を捉えました。そのときでした。路を例の女中がのこのこ歩いて来たのです。彼女は手に買物籠を提げていました。

——おやおや、と彼女は云いました。今日は皆さんお留守なんですよ。

——はあ……?

——お嬢さまは、昨日入院なさいましたよ。

私はひどく驚きました。何でも少女はある病院に急に入院したと云うのです。よほど容態が悪化したのだろうか、と私は思いました。が、女中の話だと、容態はむろんいいとは云えないけれども、実際はそれほど心配することはないらしい、と云うことでした。病院で少し元気になったら高原の療養所へでも行くらしい話でした。

——どうして雨が止まないのかしら?

少女は女中に何遍もそう云ったということでした。私はふくらんだ赤い袋を首につけたタロオを見ました。結局その便りも帰る他ないでしょう。私は何だか、ひどくがっかりしました。

——折角、お便り持って来て下さったのに……。と女中は云いました。御苦労さま、タロオ。

タロオも何となくしょんぼりしているように見えました。私は引上げることにしました。

——お嬢様もすぐよくおなりになりますよ、と女中が云いました。

——そうだといいですね。じゃ、さよなら。

——さよなら、すぐまたお会いになれますよ。さよなら、タロオ。

私は何か付加えて云おうとしました。が、それは止めて歩き出しました。少女は多分、大分悪いのかもしれない、と私は思いました。

私は郊外電車の土堤の見える草地に行ってみました。草は枯れて、そこに行っても一向に愉しくない。

——お前の郵便屋もおしまいだな。

私はタロオに云いました。二輛連結の郊外電車が土堤の上を走って行きました。それを見送ると、私とタロオは林を出ました。

麦畑の丘まで来ると、西の空に淡いオレンジ色の雲がありました。私は丘に上ってみました。遠く山が見えました。もう、うすら寒いぐらいの風が丘の上を吹き渡りました。どうしてそんなことをしたのか判りません。が、私は赤い袋から少女宛の便りをとり出すとそれを小さく千切りました。そして、それを風にのせて散らしました。小さな紙片は空一杯に舞って、とんで行きました。何となく、私はその便りが風にのって、少女のところに届くような気がしました。そう言えば少女も、病室の窓からこのオレンジ色の雲を見ているかもしれない。鏡を使って、と私は思いました。タロオは紙片を追って走って行きました。が、まもなく引返して来ると、私の傍に坐って私を見上げました。一体、タロオは何を考えていたのでしょうか？

収録作品解題

I

青の季節

初出：「中学生活」（小学館）一九五六年四月〜九月連載

絵：谷俊彦

○連載初回の第一話に、「連載を始めるにあたって」として、小沼と谷の言葉が寄せられている。

小沼丹「読者諸君に」：僕らの毎日の生活は、自分以外の人間と何かの形で交渉を持つことによって成り立っています。そこには楽しいこともあれば、いやなこともあります。いやなことはなくていいと思っても、そうはいきません。／僕はここに、ひとりの中学生に登場してもらいました。優等生らしくはないが、性質はそう悪くないようです。この中学生をとりまく生活をとりあげてみようと思うのですが、正直のところ、この中学生がいったいどうなるのか、何をするのか、作者の僕にもよくわかりません。あすがだれにもわからないように。うまくやってくれると、作者もたいへんありがたいと思うのですが……。

谷俊彦「十代の夢」：「青」という色は新鮮で清潔、みなさんの世代の夢を持った色だと思います。この「青の季節」のさしえを書くに当って、果してその感覚が出せるかどうか、たいへん不安です。読者のみなさんのご期待にそえればさいわいです。

連載小説

青の季節

小沼丹

谷俊彦・え

ヒッポポタマス

東京から、山間の一中学校にやって来た主人公〝僕〟を中心に語られる、若い魂の生長の記録！

「青の季節」第一話冒頭より

連載を始めるにあたって

読者諸君に　小《お》沼《ぬま》丹《たん》

僕らの毎日の生活は、自分以外の人間と何かの形で交渉を持つことによって成り立っています。そこには楽しいこともあれば、いやなこともあります。いやなことはなくていいと思っても、そうはいきません。

僕はここに、ひとりの中学生に登場してもらいました。優等生らしくはないが、性質はそう悪くないようです。この中学生をとりまく生活をとりあげてみようと思うのですが、正直のところ、この中学生がいったいどうなるのか、何をするのか、作者の僕にもよくわかりません。あすがだれにもわからないように。うまくやってくれると、作者もたいへんありがたいと思うのですが……。

十代の夢　谷《たに》俊《とし》彦《ひこ》

「青」という色は新鮮で清潔、みなさんの世代の夢を持った色だと思います。この「青の季節」のさしえを書くに当って、果してその感覚が出せるかどうか、たいへん不安です。読者のみなさんのご期待にそえればさいわいです。

「連載を始めるにあたって」より

○各話の冒頭と末尾にはそれぞれリードと予告文が付され、また第一話を除く毎号に、それまでのあらすじが紹介されている。

（第一話）

冒頭：東京から、山間の一中学校にやって来た主人公〝僕〟を中心に語られる、若い魂の生長の記録！

末尾：土地っ子のけわしい目。それは、陽気者の

〝僕〟を、どうやらまごつかせたらしい……。
（第二話）
冒頭：『青』は純粋で新鮮な色。この小説の主人公〝僕〟のたどる道は、そのまま君たち自身のもの……。
今月から読まれる方に：中学二年生の僕は、母が高原の療養所にはいることになったから、父と別れ、いなかのおじの家に引きとられる。隣町のA中学へ自転車通学する僕は、だから転校生である。／A中学には、もう一人転校組の生徒がいた。デブのヨシダ・イチロウ《〔ママ〕》、別名ヒッポ。ヒッポとはヒッポポタマス（河馬）の意であり、命名者はほかならぬ僕である。ところが彼は、サトイモなるあだ名を僕に冠して来た。といっても、これは彼一人の発案ではない。蚊トンボなる僕の知らぬヤツがつけたのだそうだ。けしからん！　僕等はあだ名を原因として尋常に勝負するハメになった。決闘は木登り、石投げ、徒競走の三種目、場所は村近くの池のほとり。僕は、どうころんでもヒッポごときデブに負けるはずはないと、自信をもって出かけた。が、そこで僕は思わぬ敵に遭遇する。
末尾：蚊とんぼがヒッポのねえさんであろうとは？　しかし、それを機としてヒッポと僕の友情が芽生える——。
（第三話）
冒頭：緑の山脈に囲まれた、いなか町の中学校。主人公「僕」は、そこで新しい人生を出発した。友を得、喜びを得、不安を知る……。それはまた、諸君のたどる道でもある。
今月号から読まれる方に：母が高原の療養所にはいることになり、父とも別れていなかのおじの家に引きとられた中学二年生の僕は、隣町のA中学へ自転車通学する転校生である。A中学にはもう一人、転校生のヨシダ・イチロウがいた。僕はデブの彼にヒッポポタマス（河馬）と命名した。ところが彼は、蚊トンボなる女のヤツと相談し、僕をサトイモ野郎だといってきた。僕らは、それを機として争った。木登り、石投げ、徒競走で勝負を決めるのだ。どれ一つとして、デブの彼に有利な種目はない。僕は満々の自信があった。――しかし、結果はまったく逆になってしまった。／決斗以後、僕らは急に親しくなった。そして或る日曜日、僕はヒッポの家を訪れて意外な人に会った。彼の姉の女学生、すなわち蚊トンボである。母の面影を持つ彼女に僕は不思議な親近感を覚える。なぜかわからない。／数日後、僕は校長室へ呼ばれた。何事かと恐々戸を開けた僕はそこに父を見出した。父もまたこの学校の卒業生なのだ。次の授業が始まるまで僕らは忙しい会話を交した。「こんどの日曜日N市へこい。」父は別れ際に云った。

末尾：ヒッポタイは、かくて化物屋敷に乗りこんだ。が、果してその正体を捕えられるか……。

（第四話）

冒頭：遠い山脈、青く澄んだ空。いなか町の中学に移った。僕は、そこで、都会では味わうことのできない・様々のスリルを知る。化物屋敷探検は、その圧巻？

今月号から読まれる方に：母が高原の療養所にはいることになり、父とも別れていなかのおじの家に引きとられた中学二年生の僕は、隣町のA中学へ自転車通学する転校生である。A中学にはもう一人、転校生でデブのヨシダ・イチロウがいた。別名ヒッポポタマス。しかし彼は、蚊トンボなる女と相談して僕をサトイモ野郎だといってきた。僕らはそれを機として争った。あんなデブ公に負ける道理はない、僕には満々の自信があった。――だが、意外にも結果は逆であった。そして決闘以後の僕らは親友と呼ぶ間がらとなった。蚊トンボなる女性が彼のねえさんであることを知ったのも、それからほどなくである。／僕たち三人はある日曜日、父との約束で市へ出かけた。御ちそうをたべ、映画を見て過した楽しい一日だった。父はその日、蚊トンボが欲しがっていたルノワアルの絵を彼女のために買ってくれた。もっとも、

「青の季節」第五話冒頭より

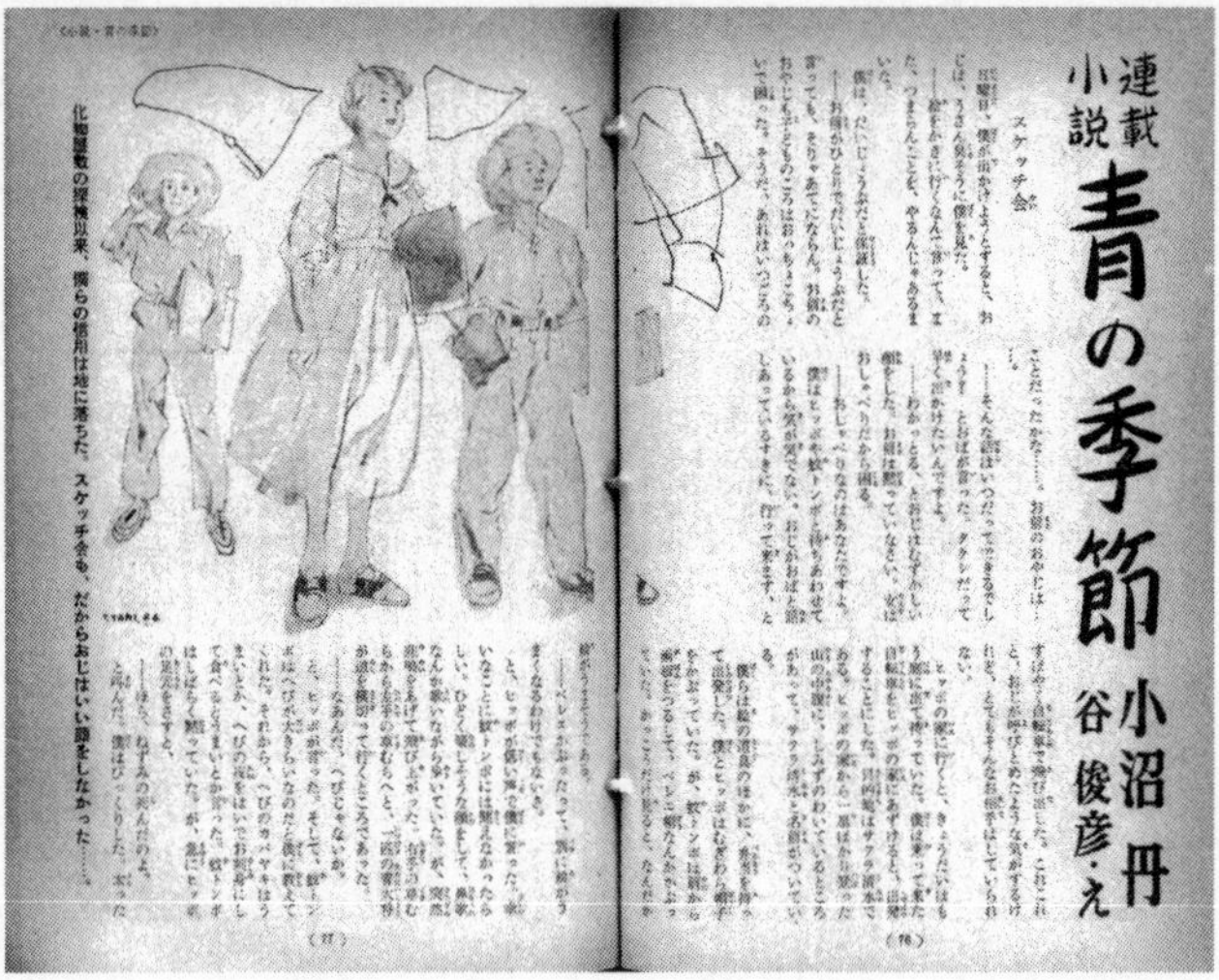
連載小説 青の季節 小沼丹 谷俊彦・え

スケッチ会

化物屋敷の探検以来、僕らの信用は地に落ちた。スケッチ会も、だからおじはいい顔をしなかった……。

数日後、彼女はその時の御礼だといって僕に青い花の壁かけを作ってくれたが。化物屋敷探検が決定したのはその夜である。／僕、ヒッポ、チンパンジイ、ソンゴクウの四人は、日曜日の午後、手に手に棒を持って目指す廃屋へと出発した。部落をぬけて森にはいる。つめたい空気がよどんでいた。末尾：かくて化物屋敷探検は終りを告げた。——ヒッポの次のたくらみは……？

（第五話）

冒頭：化物屋敷の探検以来、僕らの信用は地に落ちた。スケッチ会も、だからおじはいい顔をしなかった……。

これまでのあらすじ：母が高原の療養所にはいることになり、いなかのおじの家に引きとられた中学二年生の僕は、隣町のA中学へ通学する転校生である。A中学にはもうひとり転校生でデブのヨシダ・イチロウがいた。別名ヒッポポタマス。しかし彼は、蚊トンボなる女と相談して僕をサトイモ野郎だといってきた。僕らはそれを機として争った。が、かえってそれは僕らふたりを結びつける結果となった。蚊トンボなる女性が彼のねえさんであることを知ったのも、それからほどなくである。／僕ら三人はある日曜日、父との約束でN市へ出かけた。それは楽しい一日だった。父はその日、蚊トンボが欲しがっていたルノワアルの絵を彼女のために買ってくれた。もっとも、数日後、彼女はそのお礼にと僕に青い花の壁かけを作ってくれたが、僕はその時のふしぎな感情を今も忘れることができない。……化物屋敷探検が決定したのはその夜である。／僕、ヒッポ、ソンゴクウ、チンパンジイの四人は、日曜日の午後手に手に棒を持って、目ざす廃家へ出かけた。そして、実に偉大なる収穫をあげたのだ。『四人の中学生、泥棒をつかまえる！』地方新聞は、僕らの名前を入れてそれを報じ、警察からは金一封をちょうだいした。それからというもの、僕らは二言目には探検を考えた。しかし、おじはにがい顔をして僕の行動を監視するのだ。

末尾：山のゆりをめぐるスケッチ会は、「僕」の名誉の負傷によって幕を閉じた。だが、そのための収穫は意外に大きかった。父がヒッポきょうだいのおとうさんと友人であったことが分ったのだ。しかもそれは、僕らの東京行きへと発展してゆく。――九月号完結を御期待ください――

（第六話）

冒頭：試験地獄を通りぬければ、もう夏休み。東京の友だちに会える日も間近だ。山ユリ事件で負った傷もなおり、登校第一日の「僕」の胸は、妙にはずむ……。

これまでのあらすじ：母の療養所行きとともに、いなかのおじの家にひきとられた中学二年生の僕は、隣町のA中学へ通学する転校生である。ここにはもうひとり転校生でデブのヨシダ・イチロウがいた。別名ヒポポタマス。しかし彼は、蚊トンボなる女と相談して僕をサトイモ野郎だといってきた。僕らはそれを機として争った。が、かえってそれは僕らふたりを結びつける結果となった。

しかも、蚊トンボとは彼のねえさんのあだ名だったのだ。／僕ら三人はある日曜日、父との約束でN市へ出かけた。それは楽しい一日だった。父はその日、蚊トンボが欲しがっていたルノワアルの絵を彼女のために買ってくれた。もっとも、数日後、彼女はそのお礼にと僕に青い花の壁かけを作ってくれたが……。その夜、化物屋敷探検の相談がまとまった。／僕、ヒッポ、ソンゴクウ、チンパンジイの四人は、日曜日の午後手に手に棒を持って、目ざす廃家へ出かけた。そして、実に偉大なる収穫をあげたのだ。『四人の中学生、泥棒をとらえる！』地方新聞は僕らの写真を入れてそれを報じ、警察からは金一封をちょうだいした。それからというもの、僕らは二言目には探検を考えた。だからおじは、にがい顔をして僕の行動を監視した。／「ほんとに絵をかきにいくのか？」おじはスケッチ会にもこう念をおした。僕はめんくらった。そしてだいじょぶだと保証したが、結果は決して良くなかった。僕は山ゆりをとろうとしてがけから落ち、名誉の負傷をおってしまったのだ。医者が来た。父も来た。たいへんなスケッチ会になってしまった。だが二つの朗報がもたらされた。父とヒッポのおとうさんが友だちだったこと、夏休みには東京へ行けること――。

Ⅱ

犬と娘さん

初出：「新婦人」（文化実業社）一九五三年二月
絵：小林炳

○「一四と二人」（「早稲田文学」一九四三年三月）を改作したもの。名前や職業などの人物設定に変更があるほか、いくつかのエピソードが付け加えられている。

○掲載誌の「新婦人」ではその後、一九五七年から五八年にかけ「ある女教師の探偵記録」と題する短篇連作を著者は連載し、のち『黒いハンカチ』としてまとめた。

短篇小説

犬と娘さん

小沼丹

「犬と娘さん」冒頭より

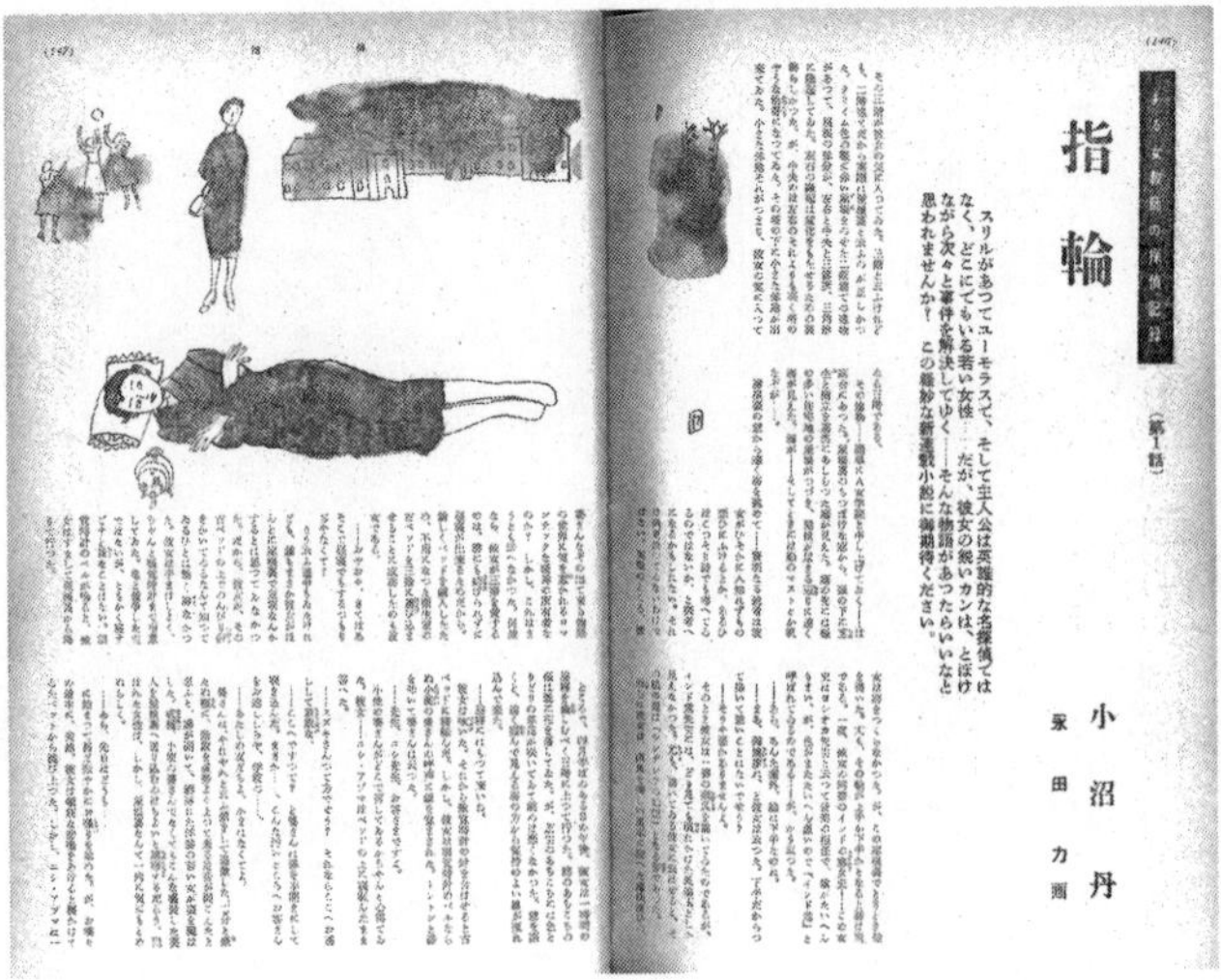

指輪

スリルがあってユーモラスで、そして主人公は英雄的な名探偵ではなく、どこにでもいる若い女性……だが、彼女の鋭いカンは、とぼけながら次々と事件を解決してゆく――そんな物語があったらいいなと思われませんか？　この軽妙な新連載小説に御期待ください。

小沼丹

「ある女教師の探偵記録」第一話「指輪」冒頭より

鸚鵡

初出：「それいゆ」（ひまわり社）一九五六年八月

絵：堀文子

白い少女

初出：「女学生の友」（小学館）一九五七年七月

絵：池田かずお

冒頭：少女は私にとってかわいいよう精でした。そして私の夢のなかの人でした。私は少女が成長

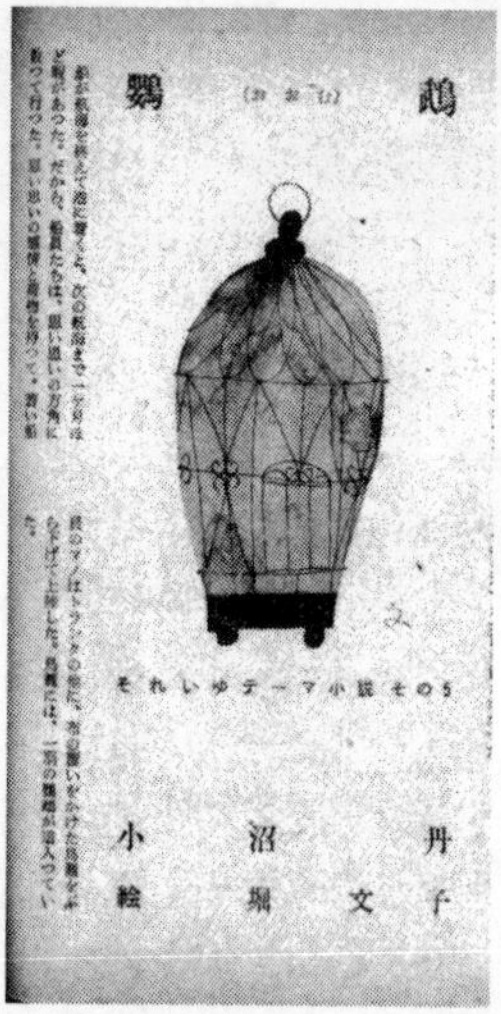

「鸚鵡」冒頭より

「白い少女」冒頭より

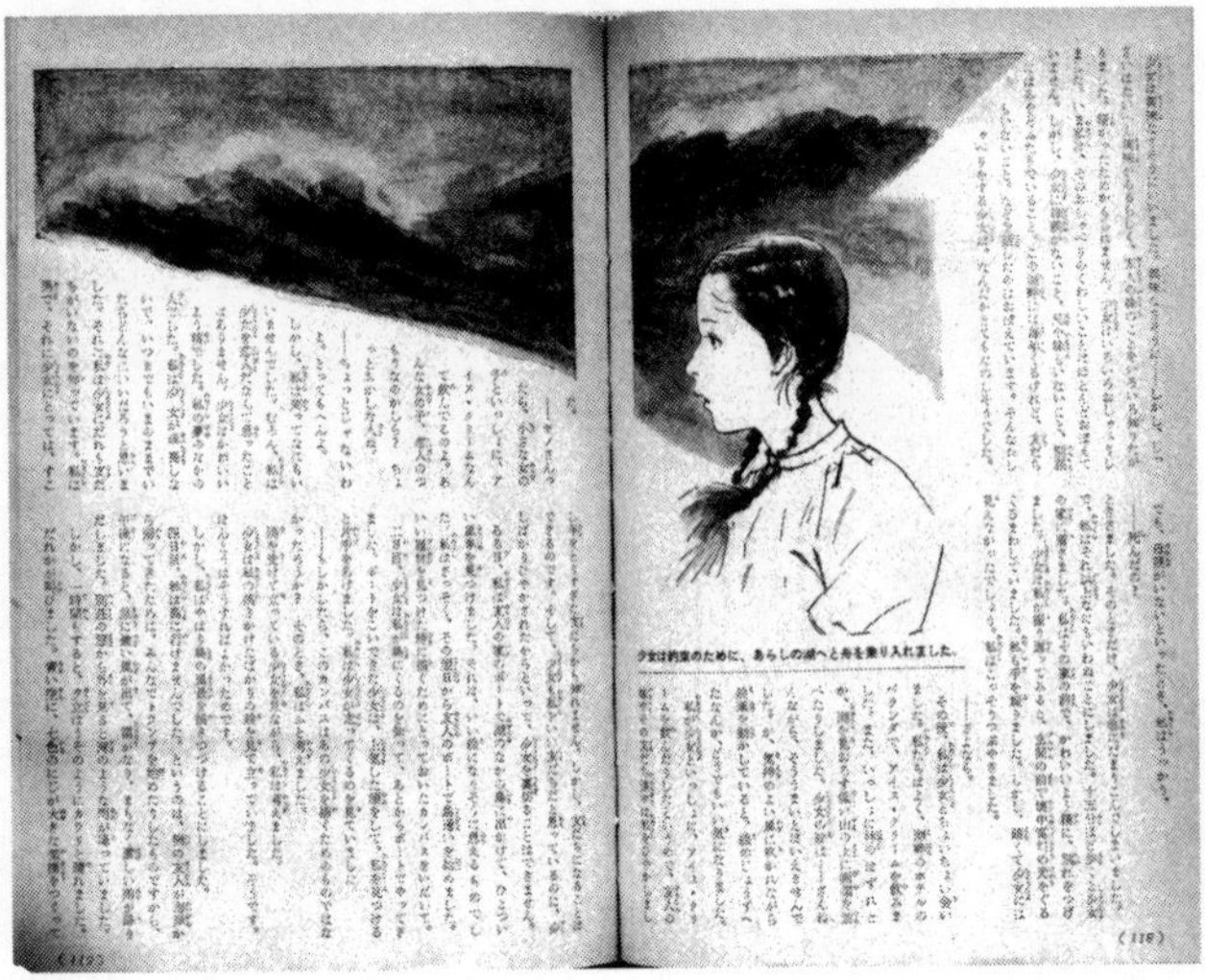

「白い少女」より

しないで、いつまでも今のままでいたら、どんなによいだろうと思いました。ところがそれが、悲しい現実として私のまえにあらわれたのでした……

秋のなかにいる娘

初出：「それいゆ」一九五七年八月
絵：堀文子

早　春

初出：「女学生の友」一九五八年三月
絵：藤井千秋
冒頭：だれも知らない私のささやかな秘密をつづったこの文は、だれにも知られずにうめておかねばなりません……早春の雑木林にひめられた少女の日の思い出《メモワール》——

「秋のなかにいる娘」冒頭より

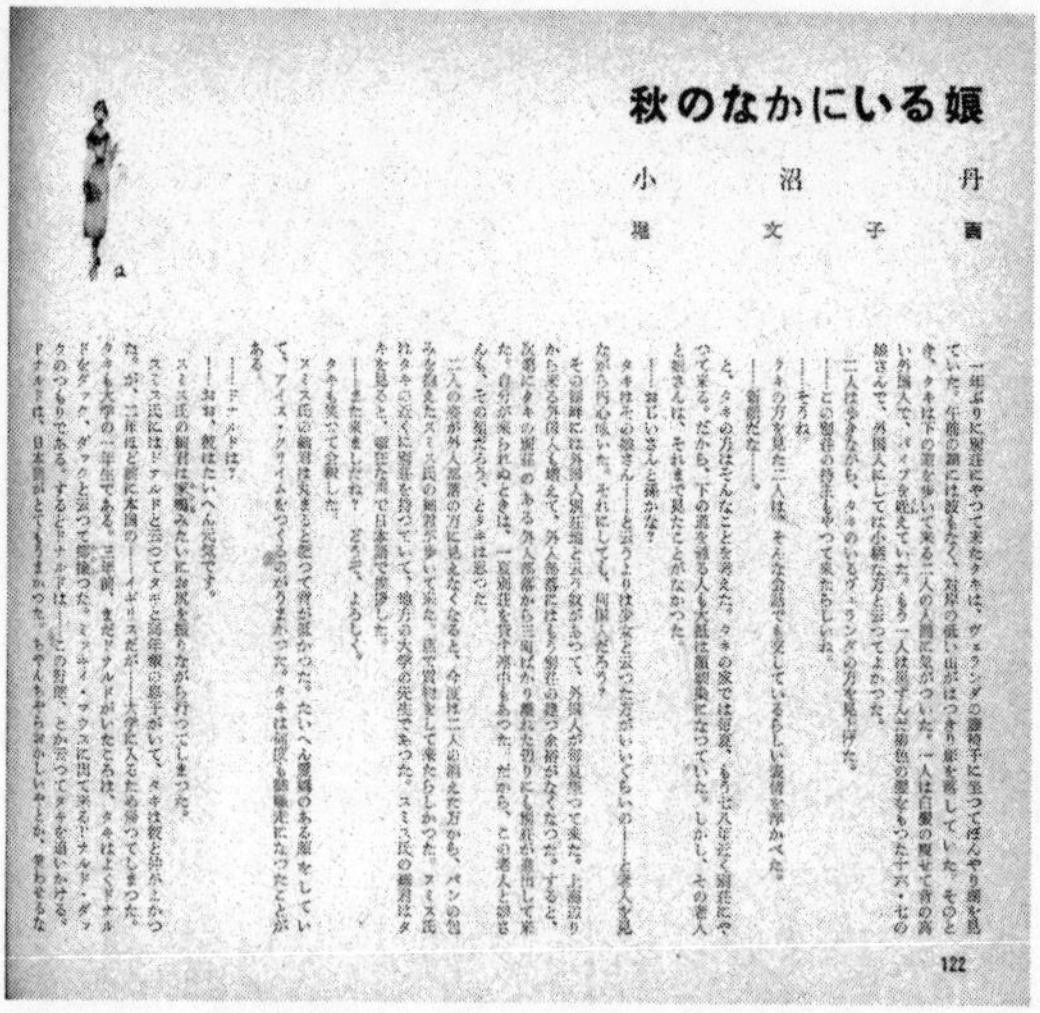
秋のなかにいる娘
小沼　丹
堀文子　画

「早春」冒頭より

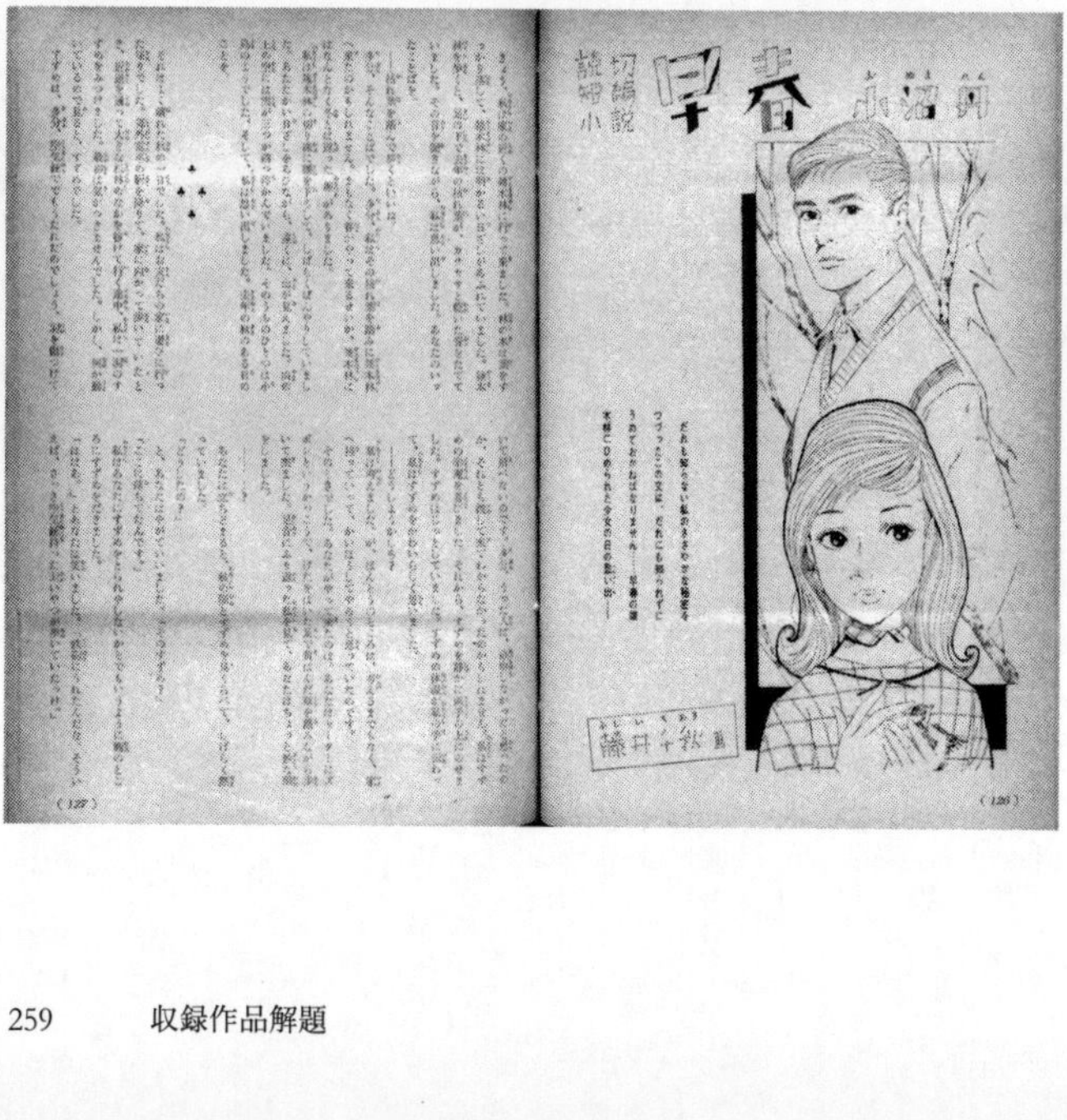

「お下げ髪の詩人」冒頭より

お下げ髪の詩人

小沼丹

明石まさひこ画

135

お下げ髪の詩人
初出：「ジュニアそれいゆ」一九六〇年六月
絵：明石まさひこ

「風の便り」冒頭より

風の便り

小沼　丹・村上芳正画

175

風の便り
初出：「ジュニアそれいゆ」一九六〇年十月
絵：村上芳正

青春時代の著者（昭和 10 年代頃撮影）

解説

慕情と追憶

佐々木 敦

本書に収録されている小沼丹の単行本未収録の少年少女小説は、「犬と娘さん」だけが一九五三年の発表だが、それ以外の諸編は一九五六年〜六〇年にかけて書かれたものである。当時、小沼は三十代後半〜四十代に差し掛かる頃であり、一九五四年に最初の小説集『村のエトランジェ』を、一九五五年に第二小説集『白孔雀のいるホテル』を刊行、早稲田大学で英文学の教鞭を執りながら（一九五八年に教授に昇格）旺盛な執筆活動を続けていた。一九五四年上半期（第31回）から三期連続で芥川賞の候補に挙げられ、一九五六年下期（第36回）には直木賞候補にもなっている（いずれも受賞はならず）。この頃の小沼の活躍ぶりはいわゆる文学には留まらず、本書「青春篇」と併せて、やはり同じ時期に発表されたジュニア向けミステリを集めた「推理篇」も刊行されるが、一九五八年には既にミステリファンの間でも人気の高い連作推理小説『黒いハンカチ』の単行本が出ている。本書収録作ともトーンの近いユーモア長編『風光る丘』の新聞連載が開始されるのは一九六一年のことである。

ところが、よく知られていることだが、小沼は一九六三年にとつぜん妻を亡くす。翌年に母親とも死別し、そのすぐ後に、のちに「大寺さんもの」と呼ばれることになる連作の第一作「黒と白の猫」が発表される。「大寺さん」のモデルは明らかに作家自身であり、これを機に、初期の物語性の高い作風から、日常と生活を淡々と書き記す「私小説」へと大きく舵を切ったというのが、一般的な小沼丹理解だと言っていい。

だが、ほんとうにそうだろうか。いや、それは確かにそうなのかもしれないが、たとえ人生観、そして小説観を一変させるほどの酷薄な出来事に襲われたのだとしても、小沼丹の変貌前と変貌後には、やはり何かしらの一貫性が、姿形を変えつつも流れ続ける同じ何かがあったのではないか、いつからか私はそう考えるようになった。右に名前を挙げた初期の作品／集、そして本書に収められた作品群と、わずか数年後から始まった「大寺さんもの」や、その他の、小沼の晩年まで書かれることになる「私小説」との間を、斜線ではなく等号で繋いでみること。そうすることによって、小沼丹という小説家のトータルな意味での作家性を、多少とも掬い取ることが出来るのではないかと思うからである。

もちろん「村のエトランジェ」「紅い花」「バルセロナの書盗」「白孔雀のいるホテル」等と、「黒と白の猫」を始めとする「大寺さんもの」は、一見する限り多くの点で雰囲気がかなり異なっている。前者の物語性の高さとは、言い換えれば人工的、作りもの的ということである。それはこの時期のミステリ小説への接近にも示されているだろう。これに対して後者の作品群は、少なくとも表面上、拵えたお話という感じはほとんどなく、基本的に身辺雑記的であり、随筆的である。だからそこに「変貌」を見て取るのはまったく正しいのだが、むしろそれゆえにこそ、小沼丹1と小沼丹2がいるということではなく、1と2を止揚するような「小沼丹」の肖像を描き出す必要があると思うのだ。

ここで本書の収録作について述べよう。大きく二つのパートに分かれており、「Ⅰ」には全六話から成る「青の季節」が、「Ⅱ」には別々に発表された七つのストーリーが収められている。

学習雑誌「中学生活」に連載された「青の季節」の語り手の「僕」は東京から田舎に越してきた中学生で、彼より前にやはり東京から転校してきた同級生のヒッポことヨシダ・イチロオ、その姉の蚊トンボことヨシダ・タカコと仲良くなり、何かと行動をともにするようになる。アキヤマ・タケシというれっきとした名前のある「僕」にもサトイモという渾名が付けられる。物語られるエピソードはどれもごく他愛ないものではあるが、語り口には巧まざるユーモアが溢れており、ちょっとしたミステリ風味もあり、自転車登校の途中の躍動感に満ちた「僕」とヒッポの出会いから、思いがけない成り行きで三人がかつて住んでいた東京へと旅立つエンディングまで、ジュニア向けの青春小説として完成度の高い作品となっている。

後半の諸作は中学生が語り手だった「青の季節」とは違い主人公の年齢が大人に設定されている。そして、発表媒体が「女学生の友」「それいゆ」といった若い女性向け雑誌だったせいか、いずれも男女の間に交わされる淡い想いを描いた作品となっている。「犬と娘さん」は雑誌社に勤務する「三太郎」が犬を介して病身の娘と知り合う話。「鸚鵡《おうむ》」は船員のマノが鸚鵡を介してタイピストの女性と出会う話。「白い少女」は「ぼく」の友人の画家ヤノ・タツオの回想の形で、ヤノが山中の湖畔で会った少女とのかかわりと悲劇的な結末を物語る。「秋のなかにいる娘」も舞台は湖畔の別荘地で、青年タキのハーフの少女インゲとの思い出が描かれる。「早春」の「私」は女性で、怪我をしていた雀がきっかけで偶然出会った「あなた」への切ない恋心が語られる。「お下げ髪の詩人」の舞台も湖畔の別荘で、詩人を目指す「私」は、やはり詩を書いていた十六歳のキャロリンと束の間の時を過ごす。「風の便り」の「私」は、林のなかで出会った病身の少女と、飼犬のタロオを「郵便屋」にして文通を交わす。

このように、すべてが出会いと別れの物語であり、印象的なハッピーエンド（?）を持つ「鸚鵡」を除くと、どの作品も読後感は甘く切ない。別荘地という舞台設定といい、病に冒された少女という人物造形といい、いかにも少女小説的ではあり、同工異曲感も拭えないが、それでも尚、これらの作品には得難い魅力がある。それはむしろ筋立てよりも、それぞれの小説における叙情的な風景描写や、年齢や境遇、或いは国籍さえ異なる男女の間で交わされる会話の瑞々しさなどに表れている。

さて、では「青の季節」も含め、これらの作品を――「変貌」前後を止揚した――「小沼丹」に接続してみたい。

ポイントは二つある。第一点は「慕情」にかかわる。「Ⅱ」の諸編は、どれも広義の「慕情」を描いているが、それを主人公は必ずしも明確に意識していない。むしろそれは長い時を経て顧みられることによってはじめて、あれは慕情だったのだとわかるようなものであり、当のその時点では、もっと曖昧な、それゆえの穏やかさと柔らかさを纏っている。

この感覚は「青の季節」の「僕」の蚊トンボへの気持ちにも当て嵌まる。最後まで彼は自分が彼女にいつのまにか抱いている感情が何なのか、わかろうとしない（言うまでもなく、それはわかることを無意識に避けているのだ）。表面上に描かれ／語られているのとは別の心理や感情（ここでは慕情）が実はそこにあるのだということを読者に示唆すること、このさりげなくも高度な技術（と呼んでいいのかもわからないが）は、間違いなく小沼丹という小説家の核心に宿るものだと私には思える。

一点目を踏まえて、二点目は「追憶」という行為にかかわっている。「お下げ髪の詩人」

の冒頭に置かれた「イギリスのチャアルズ・ラム」の「なつかしい古い顔」は、小沼丹が後年の「私小説」でもたびたび引用する「みんなみんないなくなった」という印象深いフレーズを含む詩である。妻と母を失った「変貌」後も、小沼は何人もの友人知人に先立たれていく。そのことを彼は幾つもの小説（私小説？）に書くだろう。それらはいずれも亡き者を思い出すこと、つまり「追憶」の小説である。より精確に言うなら、それらは「思い出す」という行為、それ自体を主題とする小説なのである。みんなみんないなくなった、残された私にはただ思い出すことしか出来ない。だが裏返せば、思い出すこと、追憶だけが、今はもういない誰かの存在を、たとえ仮初めの束の間であれ蘇らせるのだ。

そしてこのことこそ、本書の「Ⅱ」に収められた少年少女向けの小説がしていることではないだろうか。あれから二度と会うことのなかった誰かと過ごした時間に舞い戻るのではなく、あくまでもその時々の現在から、たとえば「白い少女」のことを、或いは「秋のなかにいる娘」のことを、ただひたすらに思い出すこと。この切実な営みと試み、すなわち「追憶」への、強い、だがさりげなくもある想いこそ、小沼丹が生涯手放さなかったものだと思う。

カバー・扉装画　金子　恵
装幀　緒方修一

小沼丹（おぬま・たん）一九一八年、東京生まれ。一九四二年、早稲田大学を繰り上げ卒業。井伏鱒二に師事。高校教員を経て、一九五八年より早稲田大学英文科教授。一九七〇年、『懐中時計』で読売文学賞、一九七五年、『椋鳥日記』で平林たい子文学賞を受賞。一九八九年、日本芸術院会員。他の著作に『村のエトランジェ』などがある。一九九六年、肺炎により死去。海外文学の素養と私小説の伝統を兼ね備えた、洒脱でユーモラスな筆致が、没後も読者を獲得し続けている。

小沼丹《おぬまたん》未刊行《みかんこう》少年少女小説集《しょうねんしょうじょしょうせつしゅう》・青春篇《せいしゅんへん》
お下《さ》げ髪《がみ》の詩人《しじん》

二〇一八年七月十三日　第一刷発行

著　者　小沼　丹
発行者　田尻　勉
発行所　幻戯書房
郵便番号一〇一－〇〇五二
東京都千代田区神田小川町三－十二
岩崎ビル二階
電　話　〇三（五二八三）三九三四
FAX　〇三（五二八三）三九三五
URL　http://www.genki-shobou.co.jp/

印刷・製本　中央精版印刷

ISBN978-4-86488-150-0　C0093

春風コンビお手柄帳　小沼丹未刊行少年少女小説集・推理篇

「あら、シンスケ君も案外頭が働くのね。でも80点かな？」。ユキコさんとシンスケ君の中学生コンビが活躍する表題連作ほか、日常の謎あり、スリラーありと多彩な推理が冴え渡る。昭和30年代に少年少女雑誌で発表された全集未収録作品を集成、『お下げ髪の詩人』と同時刊行。生誕百年記念出版（解説・北村薫）　2,800円

文壇出世物語　新秋出版社文芸部編

あの人気作家から忘れ去られた作家まで、紹介される文壇人は100人（＋α）。若き日の彼らはいかにして有名人となったのか？　大正期に匿名で執筆された謎の名著（1924年刊）を、21世紀の文豪ブームに一石を投じるべく大幅増補のうえ復刊。早稲田文人も多数登場、読んで愉しい明治大正文壇ゴシップ大事典！　2,800円

燈　火　三浦哲郎

銀河叢書　井伏鱒二、太宰治、小沼丹を経て、三浦文学は新しい私小説の世界を切り拓いた――移りゆく現代の生活を研ぎ澄まされた文体で描く、みずみずしい日本語散文の極致。代表作『素顔』の続篇となる、晩年の未完長篇を初書籍化。（解説・佐伯一麦）　2,800円

白夜の忌　三浦哲郎と私　竹岡準之助

昭和28年4月、早稲田大学仏文科に入学して、三浦哲郎と出会った――往時の日記を援用しながら、親友でしか描けない筆致で在りし日の三浦哲郎像を懐かしみつつ、ときに冷えた眼で刻す。小沼丹の長篇『更紗の絵』の版元としても知られる「あすなろ社」社主兼編集者による、文学的回想録。　2,200円

琉球文学論　島尾敏雄

日本列島弧の全体像を眺める視点から、琉球文化を読み解く。著者が長年思いを寄せた「琉球弧」の歴史を背景に、古謡、オモロ、琉歌、組踊などのテクストをわかりやすく解説する全八講。完成直前に封印されていた、1976年の講義録を初書籍化。（解説・高橋徹／末次智）　3,200円

暢気な電報　木山捷平

銀河叢書　ほのぼのとした筆致の中に浮かび上がる、人生の哀歓。週刊誌、新聞、大衆向け娯楽雑誌などに発表された短篇を新発掘。ユーモアとペーソスに満ちた未刊行小説集。昭和を代表する私小説家の、意外な一面も垣間見える短篇を多数収録。未刊行随筆集『行列の尻っ尾』も同時刊行。　3,400円